TROISIÈME COUTEAU

JEAN CHAMPION

TROISIÈME COUTEAU

Librairie Séguier
3, rue Séguier
Paris VIe

En couverture

Jean Champion et François Truffaut
dans *La nuit américaine,* 1973

Alain Resnais et Jean Champion
sur le tournage de *Muriel,* 1962

Au dos

Les comédiens de Grenoble, 1946.
De gauche à droite : Jean Champion,
Hubert Deschamps, Jean Dasté.

Jean Champion et Daniel Auteuil
dans *La caverne d'Adulam*
au Théâtre de Poche, 1976.

I.S.B.N. 2-87736-154-3

A Pierre Meillier qui m'a donné l'idée — et le titre — de ce livre.

Paradoxalement, un troisième couteau doit avoir une personnalité plus forte qu'un premier rôle : pour imposer son personnage il ne dispose que d'un laps de temps très court !

Il ne devrait jamais être, sur un tournage, le monsieur en visite que le régisseur a convoqué, à qui l'on donne, au dernier moment, une feuille dactylographiée et qui disparaît après avoir dit son texte.

Il est essentiel de trouver pour ces rôles des acteurs qui puissent discuter du scénario dans son intégralité avec le réalisateur, qui soient d'autre part assez « versatiles » pour s'intégrer à l'intrigue et surtout au style de l'intrigue, bref des gens sensibles, enthousiastes, connaissant l'histoire du théâtre et du cinéma, en un mot des Jean Champion.

Sa bonne humeur est contagieuse et l'on rit beaucoup avec lui ; on peut donc affirmer sans crainte qu'il est le second rôle rêvé pour tout metteur en scène. Il est heureux pour eux qu'il n'ait pas eu l'imprudence de mettre les pieds à Hollywood. Les Américains ne l'auraient probablement pas laissé repartir. Il aurait incarné là-bas — à vie — le « quintessential Frenchman », et nous autres, réalisateurs, aurions perdu un comédien indispensable à l'équilibre de nos distributions.

Alain Resnais

« Ecrire c'est une façon de parler sans être interrompu. »
Jules RENARD

« Je est un autre. »
Arthur RIMBAUD

Etre pris, dans la rue, pour Haroun Tazieff ou le général Salan, s'entendre interpeller par un bouquiniste des quais dont on fouille l'étalage d'un « Vous cherchez quelque chose mon colonel ? », être abordé dans le hall d'un théâtre par une femme du monde : « Ah monsieur ! Je suis heureuse de vous rencontrer, vous travaillez bien avec mon mari au Crédit Lyonnais ? », voilà, parmi cent autres exemples, la preuve qu'on est un célèbre inconnu, « the famous unknown » comme disent les Anglais, puisque la vue de votre visage réveille dans l'esprit des gens les fantômes d'un subconscient encombré, parmi lesquels ils choisissent au hasard et presque jamais le bon.

Voilà un des méfaits insoupçonnés du cinéma et de la télévision : familiariser les spectateurs avec des visages ou des silhouettes qu'ils sont bien incapables de reconnaître et d'identifier quand ils les rencontrent dans la vie.

Il s'agit, il est vrai, dans mon cas, d'emplois de seconds ou de troisièmes rôles auxquels, comme chacun sait, ni les metteurs en scène, ni les producteurs, ni les médias ne font la part belle. De plus, avoir un physique de Français moyen n'arrange pas les choses : les diverses images se recoupent et se superposent, rendant ainsi la confusion inévitable.

Seuls les vrais cinéphiles, avec la curiosité et l'acuité qui expliquent et justifient leur passion, vont jusqu'à vous appeler par votre nom. Dans ce cas, je n'hésite pas à offrir un verre à l'oiseau rare.

Dans ces rencontres involontaires, non provoquées mais quasi quotidiennes, on peut estimer que soixante-dix p.cent des gens qui croient vous reconnaître ne savent ni votre nom ni votre métier.

Ils cherchent instinctivement à vous rattacher à leur vie de tous les jours : vous êtes aussi bien pour eux leur voisin (j'ai par exemple beaucoup habité Juvisy, Clamart ou Marnes-la-Coquette) qu'un employé de leur banque ou le commandant de bord de l'avion d'Air France qui les a emmenés, l'an dernier au Brésil. Vingt p.cent, après réflexion (« Vous me rappelez quelque chose »), concluent que vous êtes acteur mais ignorent votre identité. De toute façon ils vous prennent pour un autre. Ils confondent.

Passe encore quand il s'agit d'une Américaine de New York qui vous a vu dans *tous* les films de Jean Gabin, alors que vous n'avez tourné qu'une scène dans un seul de ses films et pas avec lui. Mais quand une célébrité du théâtre en France vous assure que vous étiez remarquable dans l'Orgon de *Tartuffe* que vous n'avez jamais joué, là, l'inquiétude commence à vous gagner ; vous vous demandez réellement si vous n'êtes pas un autre, si cette dépersonnalisation ne vous conduit pas tout droit à la dépression et au suicide. Mais qui se suiciderait ?

Or, vous échappez complètement à ce processus parce que vous êtes acteur. Cette situation ambiguë, qui pourrait être fatale à tout autre, vous plaît beaucoup. Vous retrouvez le jeu et l'ambivalence de votre métier ; dans cette situation paradoxale, vous êtes comme un poisson dans l'eau. Car être pris pour un autre, quelle aubaine pour un acteur ! Et puis, avoir le sentiment de sa non-existence, n'est-ce pas le B.A.-BA de toute philosophie ? Bref, le commencement de la sagesse ?

Restent les dix p.cent qui reconnaissent en vous Jean Champion. A ceux-là il m'est difficile d'en vouloir. C'est l'exception qui confirme la règle, le grain de vérité qui donne tout son sel aux mensonges qui vous entourent.

1

Je suis un enfant des centres dramatiques. Dès la fin de la guerre, ils commencent à naître et à fleurir. Les pionniers de cette aventure sont, on le sait, Maurice Sarrazin à Toulouse et Jean Dasté à Grenoble. Ils avaient foncé, en 1945, sans l'aide de personne. Les municipalités, puis le ministère des Beaux-Arts, sous l'impulsion de Jeanne Laurent, finirent, après examen sévère de leurs dossiers, par les soutenir moralement et financièrement.

L'année suivante, en 1946, le gouvernement, à la demande des élus alsaciens, fonde à Colmar le Centre de l'Est ; mais la décision est d'ordre politique : il s'agit d'effacer dans cette région quatre ans d'influence allemande.

On aime qu'un artiste, quel qu'il soit, ait une vocation précise et datée alors qu'il s'agit le plus souvent du lent développement d'un penchant obscur, vague au départ.

Malgré des études assez médiocres, je m'offrais chaque année dans mon collège le prix de récitation. Mon cheval de bataille — petit cheval — était le sonnet de Ronsard sur la mort de Marie où, à travers la préciosité, perce une émotion sincère :

« Pour obsèques reçois mes larmes et mes pleurs,
Ce vase plein de lait, ce panier plein de fleurs,
Afin que vif et mort ton corps ne soit que roses. »

Plus tard, mon goût pour les mélodies de Fauré et le théâtre de Tchekhov ne me parut pas étranger à cette première expérience.

En 1928, à l'âge de quatorze ans, j'ai assisté, au théâtre de Chalon-sur-Saône, à une représentation des Copiaux, « Les jeunes gens et l'araignée ».

J'avais déjà vu les spectacles des tournées Baret et quelques opéras français de la tradition. Mais ce jour-là la surprise fut complète : un décor tout simple, arbres et rochers : une lumière nuancée passant progressivement de la nuit au plein soleil ; des acteurs masqués se déplaçant sur un rythme de danse ; une action très visuelle ; un minimum de dialogues.

En analysant plus tard ce que j'avais vu, j'y reconnus un mélange de commedia dell'arte et de comédie shakespearienne.

L'auteur et metteur en scène était un certain Jacques Copeau qui, de Paris, s'était exilé à Pernand-Vergelesses près de Beaune et avait donné à sa troupe son propre nom, enrichi d'une consonance bourguignonne. Copeau était devenu Copiau. Les Copiaux étaient naturellement les enfants de Copeau. Ajoutez à cela la contamination possible du mot « copias » qui, en patois bourguignon, veut dire « cep de vigne ».

Assis tout seul sur un banc d'école au fond du parterre (il y avait peu de monde), j'avais regardé cette pièce avec un trouble certain, fasciné par ce que, faute de mieux, j'appelais poésie.

En consultant le programme de ce spectacle que j'ai miraculeusement retrouvé, je constate qu'il ne s'agit pas des « Jeunes gens et l'araignée » — joli titre, qui n'a jamais existé que dans mon imagination — mais de « L'Illusion », dont le scénario est emprunté à Corneille et à Fernando de Rojas. Je me rends compte aujourd'hui de la faiblesse de l'intrigue et de la pauvreté du dialogue, mais Copeau précise lui-même que, plus qu'une pièce, c'est un jeu de théâtre.

En tous cas, cette fenêtre ouverte nous envoyait un souffle d'air pur qui balayait l'odeur de naphtaline des ouvrages que j'avais l'habitude de voir chez Baret.

La magie avait opéré. Je sortis tout rêveur dans la nuit.

S'il faut chercher la graine, c'est ce soir-là qu'elle a été semée.

Dix-huit ans plus tard, pendant l'été 1946, je rencontre un des protagonistes de « L'Illusion », Jean Dasté, fondateur des Comédiens de Grenoble.

Il recevait les acteurs dans un atelier de peintre dominant les voies de la gare Saint-Lazare. La fumée des locomotives envahissait le studio et il fallait hausser le ton pour dominer le grincement des trains. Rendez-vous fut pris en septembre au théâtre de Grenoble.

J'arrive un matin, en espadrilles et chemise légère, dans le trou noir de la scène et j'entends : « Vous venez réparer l'électricité ? » et, comme démenti, une loupiote s'allume.

Hubert Deschamps paraît : « Ah, je vous reconnais, Jean Champion ! » puis, après un temps : « Vous n'avez pas un autre prénom ? Parce que c'est celui du patron... Il va falloir en changer. »

Tout en parlant il m'observait. Il remarque alors l'énorme valise jaune que je traînais ; souvenir de l'occupation si proche, elle avait une allure de coffre espagnol avec ses cercles de bois et ses clous dorés. Hubert réfléchissait.

« En ce moment dans la région, dit-il, Rellys joue une pièce sur le marché noir pendant la guerre, ''Freddy-la-Valise''. Voilà un surnom qui, si vous êtes d'accord, vous conviendrait parfaitement. »

C'est ainsi que pour toute la troupe, pendant près de deux ans, je ne répondis qu'aux noms de « Freddy » ou de « la Valise ». Le côté « polar » de ce vocable s'enrichit très vite d'une nuance psychologique qui me poursuivit longtemps.

Dès que je suis arrivé quelque part, j'ai envie de partir ailleurs : ce surnom devint donc très vite le symbole de l'homme qui fuit, avec sa valise bien entendu.

Dasté lui-même, quand je le quittai, et Michel Saint Denis, lorsque je refusai de renouveler mon contrat, hochèrent la tête en disant :

« Evidemment, Freddy-la-Valise... »

Georges Wilson, quand Vilar m'engagea pour jouer l'armée polonaise dans « Ubu », me demanda :

« Freddy-la-Valise ? Vous n'avez pas un autre nom, parce que, vous comprenez, pour l'affiche... »

C'était l'interrogatoire inversé d'Hubert Deschamps à Grenoble !

Pour en finir avec cette valise (je veux dire l'objet), il faut reconnaître qu'elle eut beaucoup de succès auprès des douaniers suisses ou belges au cours de nos tournées. Chaque fois que le fonctionnaire étranger inspectait notre car, il s'arrêtait devant elle et me la faisait ouvrir. C'était devenu un gag, un jeu et, à l'approche de la frontière, les paris s'engageaient ferme.

Un jour, à Grenoble, pendant les répétitions du nouveau spectacle, j'eus l'idée, sans rien dire à mes camarades, de me débarrasser de l'encombrant objet.

Je le confiai à un brocanteur qui fut intéressé et le mit en montre dans sa vitrine.

Cela se passait dans le vieux quartier Notre-Dame, très mal famé, où la plupart d'entre nous avaient leur domicile.

Nous prenions nos repas dans une gargotte en étage où se rencontraient les miteux les plus nobles de la cité, quelques employés et plusieurs escarpes.

La patronne servait et nous connaissait tous par nos prénoms. Petit-Père, le patron, faisait la cuisine et la vaisselle. Nous pensions aux Thénardier des « Misérables », mais à des Thénardier sans méchanceté, ou à la pension de Madame Vauquer dans « Le père Goriot ».

En tout cas, la gaîté était toujours au menu.

Un jour, l'un de nous arriva tout troublé : « Devinez ce que je viens de voir à la vitrine du brocanteur du coin ? — La valise de Freddy ! » Tout le monde se retourna de mon côté et, en parfait élève des Jésuites que je n'étais pas, je répondis : « C'est impossible ! C'est une autre valise de la même époque. »

Tout le monde poussa un soupir de soulagement et on changea de conversation.

L'objet resta encore quelque temps dans la boutique mais le brocanteur ne parvint jamais à la vendre.

Le destin avait parlé ; je reprends la route avec la même valise.

Un jour ou l'autre, de fil en aiguille, Dasté devait nous amener à rencontrer son maître et beau-père Jacques Copeau.

Cela se passa en 1947, dix-neuf ans après la représentation des Copiaux à Chalon-sur-Saône. Nous tournions alors avec « L'Ecole des femmes » que nous allions jouer au théâtre de Beaune. Jacques Copeau, qui habitait toujours Pernand, vint nous voir en voisin.

Il nous rendit visite un par un dans nos loges avant le spectacle. Je souffrais alors d'un méchant anthrax au dos de la main gauche.

Copeau arriva au moment où j'avais quelques difficultés à enfiler la veste de Chrysalde. Il m'aida et murmura en partant « Pauvre jeune homme ».

Nous buvons un verre après le spectacle, sur la scène du théâtre, un bon vin blanc de la Côte, et nous sommes tous invités à passer la journée du lendemain chez lui, à la campagne, dans une vieille maison dont la terrasse domine Beaune et la plaine de la Saône.

Hélas ! C'est dans une clinique de Dijon que je me retrouve : il faut ouvrir l'anthrax qui devient menaçant.

Pauvre jeune homme en effet !

Du temps des Copiaux et même plus tard, Copeau, bravement, pour améliorer les recettes de la troupe, eut l'idée de faire des lectures de textes classiques en France, en Belgique et en Suisse ; elles eurent un succès considérable.

C'était tantôt Molière, tantôt Racine, tantôt Marivaux. J'ai assisté, je ne sais où, à une lecture de « Bérénice », véritable radiographie de la pièce où les sentiments de chaque personnage apparaissaient clairement sans que fût rompu le rythme du spectacle.

Je n'ai jamais vu jouer Copeau — et les on-dit ne lui sont pas toujours favorables — mais Copeau/lecteur était admirable.

Pour un comédien débutant, l'intérêt des centres dramatiques — qu'il s'agisse pour moi de Jean Dasté à Grenoble et à Saint-Etienne, de Michel Saint Denis et Hubert Gignoux à Colmar et à Strasbourg, de Jo Tréhard à Caen ou de

Georges Douking à Aix-en-Provence — était d'apprendre son métier au contact des grands textes ou simplement du bon théâtre. Shakespeare voisinait avec Molière mais Labiche et Anouilh étaient aussi au programme.

La vie collective était très dure chez Dasté, surtout à Saint-Etienne.

Pendant les répétitions, la journée commençait dès le matin par la gymnastique à l'Ecole des Mines — où logeait le Centre — ; les déjeuners, préparés par des comédiens responsables qui changeaient chaque semaine, étaient pris en commun.

Lors des tournées, nous devions assurer le chargement et le déchargement des décors.

C'est à travers cette existence, laborieuse mais gaie, et grâce à elle que se précisaient les emplois et les goûts de chacun.

Très vite, c'est pour moi Shakespeare qui a gagné la bataille des auteurs ; j'ai joué cinq pièces de lui à cette époque :
« Roméo et Juliette » (Capulet),
« Hamlet » (Polonius),
« Othello » (Iago),
« La nuit des rois » (Fester),
« Tout est bien qui finit bien » (Lafeu).

Michel Saint Denis (le Jacques Duchesne de la BBC gaulliste) était le neveu de Jacques Copeau. Je l'avais vu jouer dans « L'Illusion ».

C'est lui qui m'aiguilla dans la voie shakespearienne ; il prétendait que je lui rappelais un acteur anglais de l'Old Vic qu'il avait lui-même dirigé dans Capulet précisément, dans Polonius et dans les clowns de « La nuit des rois » et de « Comme il vous plaira ».

A défaut d'un emploi à la Comédie Française, j'en avais donc un, tout trouvé, dans « l'English Theatre ».

C'est l'Irlandais Georges Douking qui, pour faire bonne mesure, me confia le rôle de Iago en 1956, au festival de Toulon.

Ce festival a lieu, pourrait-on dire, en pleine mer, dans une forteresse construite par Vauban à la sortie de la rade : La Tour Royale.

Les échauguettes, le chemin de ronde, les souterrains forment un décor idéal pour une tragédie maritime et militaire.

L'arrivée d'Othello avec sa garde y a grande allure, d'autant que les commandos de la marine de Saint-Mandrier, déguisés en vénitiens, savent marcher et tenir une oriflamme. Moi-même, tout de noir vêtu, je suis un soldat avant d'être un traître : simplification heureuse, à mon sens, du personnage qui fait preuve, dans la trahison, d'une rudesse et d'une franchise toutes militaires.

A l'issue d'une représentation des « Bas-Fonds » de Gorki à l'Œuvre en 1956, je vois pénétrer dans ma loge un bonhomme rondouillard qui me dit, avec un fort accent :

— « Vous, acteur russe.

— Mais je suis de Chalon-sur-Saône !

— Tss... Tss... Vous, acteur russe. »

Suivirent les Tchekhov, « Les trois sœurs » et « La cerisaie » notamment.

Sacha utilisait sans vergogne — et il avait bien raison — les mises en scène de son père, Georges Pitoëff, si bien que, par un juste retour des choses — le retour des choses est toujours juste —, je jouai Tchekhov selon la conception d'un homme dont j'avais souvent rêvé mais que je n'avais jamais vu.

Les notes de Georges Pitoëff étaient remarquables par leur finesse et leur clarté. Elles motivaient l'action et les sentiments de chaque personnage et justifiaient tous ses déplacements dans l'espace. Sacha, naturellement, était plus que tout autre à même de les comprendre et, chemin faisant, de les enrichir.

L'aboutissement normal, logique, d'un enfant des centres dramatiques de province est l'entrée au Centre dramatique de Paris : le T.N.P. — le Théâtre National Populaire —, alors dirigé par Jean Vilar.

J'y retrouvai, en fait, beaucoup d'anciens provinciaux. On m'y confia d'entrée le petit rôle chanté de l'armée polonaise dans « Ubu ».

J'étais affecté depuis plusieurs années d'une voix de baryton-Martin, bien incapable de se risquer dans l'opéra mais qui m'avait déjà valu, en 1947, de faire une tournée lyrique avec Damia dans « Le bar de la Marine ».

La grande Damia était une femme simple et drôle, d'une verve faubourienne savoureuse. Elle disait d'une femme fardée qui avait trop de noir autour des yeux : « Elle se maquille au boulet Bernot » (la maison Bernot était, à l'époque, spécialiste du charbon domestique). Damia chantait plusieurs de ses grands succès au cours de la pièce mais il lui fallait aussi jouer la comédie et elle avait quelques difficultés avec sa mémoire. Nous étions tous là pour l'aider. J'avais, pour ma part, quelque peine à m'accorder avec les musiciens...

Ce fut bien pis, dans l'immense théâtre de Chaillot, où l'orchestre, placé derrière moi, envoyait au fond de la salle les sons qui me revenaient en écho. Heureusement, l'excellente chanson de Maurice Jarre « Ma tunique a deux, trois, quatre boutons » était tellement rigoureuse et rythmée que je l'avais apprise comme une mécanique.

Un problème musical analogue se posa pour moi en 1968 quand, dans la même salle, nous jouâmes « La Mère » de Bertold Brecht, d'après Gorki.

Je devais interpréter une chanson de Hanns Eisler. L'orchestre, cette fois, était bien devant moi, dans la fosse, mais je ne le voyais pas davantage ; la mise en scène avait prévu une avancée du plateau sous laquelle s'étaient dissimulés les musiciens. Par un étroit créneau qui correspondait à la place du chef, je pouvais, heureusement, voir la baguette qui me donnait le départ.

Bref, dans les deux cas, je n'étais pas tellement aidé. Les obstacles à ma carrière de comédien lyrique, sans être objectivement insurmontables, me parurent pourtant très vite dissuasifs parce qu'ils étaient en moi : j'avais des doutes sur l'efficacité de ma voix et le solfège me paraissait aussi redoutable que le grec.

2

Quelques années auparavant en effet, pendant que je faisais mes études à la Faculté de Dijon, j'avais souffert du mal grec.

C'est une langue que je n'avais pas étudiée au lycée ; j'ai l'étrange idée de vouloir l'apprendre lorsque je suis en Faculté — simplement pour suivre mes camarades qui étaient tous des hellénistes distingués.

J'avais trop présumé de mes forces. Au bout d'une année de travail solitaire, j'étais très loin du niveau souhaité et mes devoirs étaient d'une risible indigence. J'assumai pourtant mon rôle avec beaucoup d'aplomb. Notre professeur, crème de l'Ecole d'Athènes, tennisman remarquable et physiquement proche de l'Apollon du Belvédère, ne comprenait pas toujours l'insolence de mon attitude.

Un jour, je crois avoir trouvé une forme verbale inédite — je l'avais sans doute inventée — dans le fameux dictionnaire anglo-grec dont j'étais friand : le « Liddel and Scott ». Ce doublet me rappelait « Bouvard et Pécuchet », « Tripette et Renaud », « Douplepatte et Patachon », « Cedar and Budinglow ».

Il faut dire que la première condition pour faire du grec était, à l'époque, de connaître l'allemand ou l'anglais ; les ouvrages sérieux et les dictionnaires valables étant, pour la plupart, rédigés dans une de ces deux langues.

Le professeur bondit dans son bureau, cherche le « Liddel and Scott » pour vérifier mon dire. En vain naturellement et, comme il est très bien élevé, au lieu de m'insulter ou de me mettre à la porte, il se penche sur son livre en disant : « Monsieur Champion vous me canulez... J'avoue que... J'avoue que... »

La salle était en joie et scandalisée par mon culot.

« Et chacun me traitait de menteur, de fumiste.
Déjà le comédien perçait sous l'helléniste. »

Inutile de préciser que je n'ai jamais obtenu le certificat de grec et — par voie de conséquence — le titre de licencié ès lettres classiques.

Il est vrai qu'à cette époque ma vie matérielle était difficile et que j'avais été obligé de me louer comme maître d'internat dans une école libre. C'est une des périodes les plus sombres de mon Histoire.

Je devais, pour obéir à l'autorité supérieure, commander à des garçons qui ne m'avaient rien fait. Je le faisais donc avec si peu de conviction qu'on me remercia à la fin de l'année scolaire.

J'étais très fier d'avoir tenu le coup si longtemps mais il me fut très difficile — vu mes antécédents — de trouver une autre place.

Heureusement, mon père à la retraite eut la bonne idée de venir habiter Dijon pour soutenir les études de mon frère cadet et, par ricochet, les miennes.

Cependant, ma voix (sans solfège et sans grec) était appréciée dans les salons et les fêtes de bienfaisance.

C'est ainsi que je fus engagé un jour pour chanter « Le devin de village » de Jean-Jacques Rousseau devant un auditoire distingué. Ce fut une catastrophe générale — où Rousseau avait aussi sa part. Il est maintenant — et depuis longtemps — au Panthéon mais pour le retrouver, il faut fuir ce sinistre lieu où Hugo, lui aussi, s'ennuie, malgré l'exemplaire des « Contemplations » déposé sur sa tombe.

C'est à Ermenonville qu'on comprend mieux Jean-Jacques : un parc paisible, presque solennel, aux arbres centenaires, occupé au centre par une longue pièce d'eau au fond de laquelle, dans une île minuscule, se dresse une sépulture de pierre du dix-huitième siècle entourée de peupliers. C'est là que les députés de la Convention, en grand appareil, sont venus chercher son corps en 1793 pour le transporter à Paris.

Quel gouvernement osera le remettre à la place qui est la sienne, face au temple de la Raison, au milieu d'une nature qu'il aimait et qui paraît plus proche de sa sensibilité que les souterrains de la Montagne Sainte-Geneviève ?

Sur la rive du lac une pierre, plantée dans l'herbe, porte cette inscription anonyme de l'époque, presque illisible :

« Là sous ces peupliers
Dans cet humble tombeau
Qu'entourent ces flots paisibles
Sont les restes mortels de Jean-Jacques Rousseau.
Mais c'est dans tous les cœurs sensibles
Que cet homme si bon, qui fut tout sentiment
De sa gloire a fondé l'éternel monument ! »

En sortant du parc, à quelques pas au-delà de la route, s'élève la belle demeure du marquis de Girardin. Rousseau, son hôte, y mourut après quelques mois de séjour.

L'an dernier, m'approchant du « Château » en toute innocence, j'en vois sortir des « krishnas » en sari orange et deux « krishnettes » tout en blanc.

On me fait entrer au rez-de-chaussée dans le grand salon de prière, dominé par le portrait du fondateur. Je constate que le beau plancher Louis XV, dont je me souvenais, a disparu. Il est remplacé par un dallage multicolore plus favorable peut-être à la méditation et, en tout cas, sûrement plus facile à laver à grande eau.

Je me demande sur le chemin du retour ce que Rousseau penserait de ces sectes qui semblent nous inquiéter aujourd'hui.

Lui qui admirait Jésus-Christ et qui n'aimait pas les athées pourrait bien ne pas être fâché de voir son château habité par des gens qui mettent — du moins officiellement — la spiritualité au premier rang de leurs préoccupations.

Il est vrai qu'il détestait aussi tout ce qui ressemble de près ou de loin au fanatisme. Et son jugement sur les sectes pourrait bien alors rejoindre finalement le nôtre...

3

Je ne fis pas d'étincelles au T.N.P. On ne me confiait que des rôles sans importance ; dans celui de l'aubergiste des « Caprices de Marianne », Gérard Philipe, dos au public, grimaçait pour me faire rire.

Je ne riais pas, bien sûr, mais je n'étais pas gêné : je prenais plutôt ça pour une marque de sympathie et d'amitié.

Je renouais donc, au T.N.P., avec mes habitudes de troisième couteau.

Une fois même Vilar omit de me distribuer dans une pièce et, comme je m'en étonnais, il partit d'un bon rire et m'expliqua, devant un verre de Beaujolais, qu'un comédien de troupe doit savoir rester dans l'ombre mais que, de toute façon, il ne songeait nullement à se séparer de moi.

C'était évidemment m'inciter à partir ; ce que je fis dans les plus brefs délais et dans les meilleurs termes avec lui.

C'est vers cette époque que je fais la connaissance de Pierre Fresnay.

Il cherchait quelqu'un pour le remplacer à Paris dans « Les Œufs de l'Autruche » d'André Roussin qu'il emmenait en tournée.

On a tout dit sur son élégance et sa courtoisie. Quand on allait le voir dans sa loge à la Michodière, il ouvrait une petite armoire fixée au mur et en tirait un plateau sur lequel étaient en permanence deux verres, une assiette de gâteaux secs et une bouteille de Bordeaux. C'était l'en-cas en usage dans les années vingt, quand le whisky n'avait pas encore gâté nos palais. C'est ainsi, j'imagine, qu'Arsène Lupin recevait ses hôtes dans sa villa du Vésinet...

Dans la loge voisine, séparée par une simple cloison, nous entendions Yvonne Printemps vitupérer contre ces cons qui venaient troubler Pierre et l'empêcher de se reposer. Fresnay baissait les yeux et murmurait : « Ne faites pas attention. »

Il préparait alors un livre, aujourd'hui introuvable, sur le métier de comédien.

Il rejoignait curieusement Charles Dullin qui avait publié un ouvrage sur le même sujet. L'aristocrate et le paysan s'accordaient secrètement pour mettre implicitement en doute les brillants commentaires de Jouvet et admettre que l'art de l'acteur, comme le disait Napoléon de la guerre, est « un art simple et tout d'exécution ».

Il est vrai que Jouvet écrit : « Il faut débarrasser le métier de son mystère. C'est toujours d'exécution qu'il s'agit quelle que soit l'œuvre », mais ses angoisses existentielles, ses doutes religieux, ses analyses intellectuelles interfèrent et brouillent le tableau.

« C'est tous les jours Mardi-Gras et Carnaval — dit-il — et tous les lendemains sont Mercredi des Cendres. ''Memento quia pulvis es'' (Souviens-toi que tu es poussière). » Propos qui prennent tout leur sens quand on sait qu'à la messe des Comédiens le Mercredi des Cendres 1951, c'est lui qui, en l'église Saint-Germain-l'Auxerrois, lut la célèbre prière de Willette pour les acteurs qui mourront dans l'année... Ce qu'il fit le 16 août au théâtre de l'Athénée.

Il semble qu'aux problèmes complexes qui se posent au comédien, Dullin et Fresnay appliquent un esprit plus simple, apportent une vue plus concrète des choses.

Fresnay parle de l'acteur comme d'un artisan spécialisé dont la technique se réduit à quelques principes de respiration, d'émission, de diction, mais il ne dit pas lesquels.

A l'un de ses amis qui lui demande ce qu'il enseigne au Conservatoire, Jouvet répond : « Rien. » Son interlocuteur insiste : « Mais encore ? » « A respirer » ajoute le Maître sans en dire plus...

Dullin considère la respiration comme « une source limpide, une petite divinité qui anime tout ce qui vit. C'est la clé qui ouvre toutes les autres portes de la technique de l'acteur. » Mais il ne précise pas comment il faut se servir de cette clé, de quelle manière il faut s'y prendre pour bien respirer, mêlant — en leur donnant une égale importance — la respiration de poitrine, comme il dit, et la respiration abdominale.

A deux reprises pourtant, il approche de la vérité quand, observant les estampes d'acteurs japonais, il remarque que toutes les attitudes sont commandées par les muscles du ventre et lorsqu'il rapporte les confidences d'un vieil acteur de mélodrame qui, s'adressant à lui, déclare : « Tant que tu ne sauras pas prendre ton appui sur les muscles du ventre, tu manqueras d'autorité. »

Voilà donc le problème correctement posé.

Jouvet qui savait tout mais n'en tirait pas toujours les conclusions logiques, écrit : « Rien ne vaut que par épuisement de soi. Tout est suspect sauf le corps. C'est un métier sportif, physique. »

Reste à savoir si la pratique d'un sport doit aboutir à l'épuisement : preuve sans doute qu'on ne s'y prend pas exactement comme il faudrait.

Il ne s'agit pas, bien sûr, de mettre en cause les grands acteurs que furent — chacun à sa manière — Jouvet, Dullin et Fresnay, mais de s'interroger sur la portée de leur enseignement.

4

Au T.N.P., j'avais fait la connaissance de la photographe-maison, Agnès Varda. Lorsqu'elle tourna son second film : « Cléo de cinq à sept », elle fit appel à moi pour un petit rôle, celui du patron de bistrot qui rassure Corinne Marchand sur sa santé. Ce café, situé à côté de la Samaritaine, s'appelait « Ça va, ça vient ». Il a été rénové, débaptisé depuis lors et porte un nom bête.

Il y a, dans le film, une traversée de Paris vu du taxi où voyage l'héroïne. Une très longue séquence nous emmène du Pont-Neuf au « Dôme » en traversant tout le sixième arrondissement. C'est le plus riche documentaire sur le Paris des années soixante — comparable aux Godard de la même époque —. Bien daté par les costumes et les objets, tourné presque entièrement dans les rues, les magasins, les cafés, avec une caméra omniprésente et très mobile, ce film, qui mêle le réel à la fiction, est un des meilleurs exemples de la Nouvelle Vague.

Je ne savais pas que c'était pour moi le départ d'une carrière cinématographique cahotique et assez mince — trente-cinq films — mais qui m'a donné de grandes joies, sans parler de celle, toujours renouvelée, de me revoir parfois au Panthéon du cinéma, je veux dire la Cinémathèque française.

C'est là qu'eut lieu, le 25 septembre 1963, la première de « Muriel » d'Alain Resnais.

Il avait longtemps hésité avant de me confier le rôle d'Ernest. Dans son jardin, il avait pris une cinquantaine de photos avec mes deux partenaires : Delphine Seyrig et Jean-Pierre Kérien.

Finalement il m'avait dit : « Je ne sais pas encore... Aurez-vous la patience d'attendre ? » Attendre, je savais très bien le faire quand l'hameçon portait un appât !

Quinze jours plus tard, Resnais m'appela un matin de bonne heure : « Vous faites le rôle. » Je dis « Bravo » ; une réponse qui le fit beaucoup rire et qu'il raconta autour de lui.

Je crois savoir que ce qui motiva sa décision fut, entre autres, le fait que je chantais. Il avait en effet repéré, dans le répertoire de

Paul Colline, un petit chef-d'œuvre de tendre mélancolie, « Déjà », que je me mets à pousser de façon inattendue au milieu d'une joyeuse réception. Toute l'assistance, y compris Delphine Seyrig, tombe alors dans une noble tristesse.

La rupture de ton est telle que le spectateur, surpris, perturbé, entre lui-même dans l'action ; il partage la gêne et l'embarras des auditeurs d'Ernest qui nous sont présentés, pendant la chanson, en montage alterné.

Le processus d'identification entre le public qui regarde le film et les acteurs qui le jouent se réalise parfaitement : tout le monde se laisse aller à la nostalgie du temps passé. Puis brusquement, un nouveau décrochage s'opère. Ernest ne chante plus, il parle. Le retournement est complet : toute trace de complaisance lyrique disparaît. Ce qu'il dit est violent et agressif envers Alphonse dont il dévoile le passé, démasque l'hypocrisie, confond les mensonges. Le récit d'Ernest est martelé par des accords de cymbales d'une intensité sonore très élevée et ponctué, au niveau des images, par des plans d'immeubles de Boulogne de plus en plus proches.

Tout finit par une empoignade entre les deux hommes. Ernest joue donc ici le rôle de révélateur de la vérité. A ce titre il est, avec

Bernard, rôle interprété par J.-B. Thierrée, un des rares personnages positifs du film.

Le monologue d'Ernest était, dans le script, une page blanche. Jean Cayrol, scénariste et dialoguiste du film, et Resnais me proposèrent un jour, pendant le tournage, de l'écrire moi-même et de leur en remettre une copie.

Ce que je fis avec conscience et maladresse.

Une semaine plus tard, je vois arriver un texte précis qui condensait, avec art, mes élucubrations.

C'est une expérience unique. Jamais un metteur en scène ou un dialoguiste ne m'avait proposé — et ne me proposera plus — d'écrire mon propre rôle. Même François Truffaut, qui adorait parfois l'improvisation, me donnait un texte à midi à la cantine du studio pour tourner à deux heures, en exigeant que je n'en change pas une virgule. Une fois cependant, il fit une tentative intéressante.

Il m'annonce à midi — toujours au restaurant du studio de la Victorine à Nice, pendant le tournage de « La nuit américaine » — l'arrivée d'un journaliste parisien qui a pris l'avion ce matin pour venir tourner avec moi. Nous devons déjeuner à des tables différentes et lire pendant le repas, chacun de notre côté, un topo (résumé très bref) de la conversation que nous allons avoir, lui journaliste, moi producteur, à quatorze heures précises, au-dessus des troènes du jardin, en présence de deux caméras Mitchell.

Je ne sais pas — de Henry Chapier ou de moi — lequel est le plus affolé mais je crois bien que c'est lui. Le dialogue suivant s'engage :

— Vous vous rendez compte, je ne suis pas comédien !

— Mais moi je ne suis pas davantage producteur !

— Oui, mais vous pouvez jouer le producteur puisque vous êtes comédien !

— Ah mais pardon ! Vous, vous êtes journaliste et c'est précisément ce qu'on vous demande d'être.

Avec des arrêts et des reprises, nous enregistrons près de dix minutes de pellicule. Nous estimons, aux rushes, qu'on peut sauver au moins deux minutes savoureuses, en coupant çà et là. Truffaut ne dit rien. Au montage, à Paris, le travail est laborieux ; la monteuse me téléphone de temps en temps pour me rendre compte de l'élagage progressif de la scène que Truffaut, finalement, supprime complètement.

J'espère qu'elle subsiste encore dans les « chutes » de « La nuit américaine ».

La vraie raison de cette coupe était, à mon sens, que cette séquence avait un air de reportage télévisé, de documentaire, qui ne s'accordait pas avec le ton général — très cinématographique, donc imaginaire — du film.

5

Le 11 novembre 1918 — j'avais quatre ans et huit mois —, ma mère me prit dans ses bras pour me montrer, à bonne hauteur, le communiqué qui annonçait la fin de la guerre. Il était punaisé sur un tableau que protégeait une cage grillagée. Je la secouai violemment en plaçant mes doigts dans les trous de la grille, signe déjà d'une agressivité naturelle. Après quoi, nous allâmes acheter un petit drapeau à la pharmacie du coin. Tous les commerçants en vendaient.

Quelques années plus tard, il fut question que j'apprenne le piano... Il y avait alors au Grand Café de Chalon-sur-Saône un orchestre très apprécié, composé de trois Espagnols immigrés : Esteban, le pianiste, un colosse ; Farré, le violoniste, qui ressemblait à Woody Allen, et un obscur contrebassiste qui jouait parfois du triangle. Ils étaient gais et ils savaient boire. Mes parents trouvèrent tout naturel de s'adresser à ces artistes bien-aimés pour inculquer la musique à leur progéniture.

C'est ainsi que je vis arriver un jour à la maison le maître Esteban. C'était le moins sympathique des trois. Sa rudesse et sa taille imposante me déplurent et un jour qu'il m'indiquait une position, je rabattis brusquement le couvercle sur ses mains. Il en conclut immédiatement — et le dit à mes parents — que je n'aimais pas la musique. Ceux-ci n'insistèrent pas.

C'est ainsi que fut brisée, étouffée dans l'œuf, une vocation musicale qui aurait pris sans doute la forme et les apparences d'un pianiste qui compose ses chansons et les chante lui-même en s'accompagnant, comme je vis Barbara le faire, en 1960, au cabaret de l'Ecluse.

Il faut croire que cette vision des choses n'était guère impérieuse puisque je ne me suis jamais donné la peine d'apprendre le solfège et le piano.

Je commençais donc à causer quelques soucis à ma famille.

Nos vacances se passaient à la montagne, à Aluze, un village perché sur la route de Chalon à Autun, ou en plaine, à Gergy, au bord de la Saône. Quand on me cherchait, on me découvrait soit sur le toit de la maison, soit dans les arbres. Un jour, on m'appela en vain pour participer à une photo de famille. En développant la pellicule, mon père fut très surpris de me trouver dissimulé dans les branches d'un arbre de la cour !

Les vieilles paysannes d'Aluze avaient des rides nombreuses et profondes comme on n'en voit plus guère. Pourquoi ?

Elles appelaient mon frère Marcel — remarquable par la douceur de son caractère — « la biche bleue ». Mais quand elles me voyaient arriver, elles s'exclamaient avec un fort accent bourguignon : « T'es toujours le même brigand, salop'rie ! ». Quant au tailleur qui travaillait chez mon père, un ivrogne à la mode anglaise, très maître de lui, il m'avait surnommé « le dragon ». Tout cela me laissait froid mais avait plutôt tendance à me faire devenir ce qu'on croyait que j'étais. J'avais, en quelque sorte, une mauvaise réputation à soutenir.

Madame Boucicaut, fondatrice du « Bon Marché », avait fait construire sur la Saône, entre Gergy et Verjux où elle était née, un magnifique pont de pierre qui fut détruit à la Libération. Au lieu du L de Louis XIV, c'était le B de Boucicaut qui ornait les piles, mais l'ouvrage était digne du Grand Siècle.

Tout le long de l'extérieur, dominant la Saône de douze à quinze mètres, courait un étroit passage en pierre où je marchais tranquillement. C'est là que ma mère, en me voyant plusieurs fois accomplir cet exploit, passa du stade de la frayeur à celui de la résignation, poussée sans doute par une bonne âme de ses amies qui lui soufflait : « Voyons Jeanne, dis-toi bien que celui-ci est sacrifié. »

Elle sut bien s'en souvenir au moment des adieux quand je partis pour la guerre en 1939...

En attendant, je m'étais fait renvoyer de l'école communale pour avoir aspergé mon professeur à la sortie, dans la rue, à l'aide d'une fontaine publique.

Il suffisait de se coucher sur la pompe pour faire jaillir l'eau, en prenant soin de boucher à moitié l'orifice pour diriger le jet.

Il faut dire, à ma décharge, que ce professeur donnait des coups de règle sur les doigts de ses élèves. La douche n'était qu'une protestation. Mon père fut très embarrassé. Il avait hérité d'un commerce de confection et mesures pour hommes et femmes, jadis prospère, mais qui, sous sa direction, périclitait sans recours.

C'était un homme simple et bon qui adorait la nature, un écologiste avant la lettre, peu fait pour les affaires et les soucis d'argent. Les traites étaient pour lui un cauchemar.

Un salaire mensuel, la liberté du dimanche pour aller dans les bois, voilà ce qui lui eût convenu si mon grand-père ne lui avait pas imposé de le remplacer à la tête de ce commerce qu'il avait lui-même fondé et brillamment mené pendant vingt ans.

Mon père avait deux frères, Félix et Jean.

Le premier était déménageur à Paray-le-Monial.

Il régnait avec autorité sur une écurie de percherons attelés à de lourdes voitures. Le plus vif souvenir que j'ai de mon séjour chez lui (j'avais six ou sept ans) est celui — assorti d'injures bien mâchées à l'encontre des chevaux — du claquement des fouets. Ce n'était pas, comme au cirque, le bruit sec de la fine lanière de Monsieur Loyal, mais une détonation de gros chanvre solidement tressé.

Félix, comme tous ses gens, buvait sec. Un jour, il m'emmène au café ; debout près du comptoir trop haut pour moi, je le vois boire une liqueur verte. Je lui demande de goûter, mais la force du breuvage me le fit immédiatement cracher.

Je ne sais comment mon père, à Chalon, apprit la chose, mais il accusa Félix de vouloir faire de moi un alcoolique.

J'étais évidemment trop petit pour admirer dans la ville une des plus belles églises romanes de Bourgogne par la seule grâce de son architecture. Ici, point de chapiteaux foisonnants comme à Autun ou à Saulieu, pas de tympan prestigieux comme à Vézelay, mais un parfait équilibre des lignes et des volumes à l'extérieur comme à l'intérieur où la luminosité émane de l'ombre même. A cela s'ajoute la teinte chaude de la pierre, légèrement ocre, comme de la terre : Paray-le-Monial, ou l'élégance paysanne.

La basilique se reflète dans les eaux très calmes d'une petite rivière, la Bourbince.

Le dicton naïf du pays prétend que :

« Si la Bourbince portait batiaux
Paris vaudrait pas Paray-l'-Moniau. »

Félix s'arrangea pour avoir trois filles auxquelles simultanément répondirent les trois garçons de mon père.

Une fois de plus, le hasard faisait bien les choses.

Je n'ai pas connu Jean Champion, mon homonyme d'oncle. Il est mort jeune. Mais j'ai entendu parler de lui comme d'un paresseux épris de théâtre. Quand son père, Emile, venait à Paris faire ses achats de robes et de tissus et voir les collections, c'est généralement son fils Pierre qu'il emmenait.

Comme tous les provinciaux de l'époque, ils croyaient bon de prendre des places pour l'Opéra et la Comédie-Française.

Jean Champion, quand il débarquait à Paris avec sa tante Eléonore (la sœur de son père), fréquentait les mêmes lieux mais ne franchissait pas la même porte. Le couple empruntait l'entrée des artistes et se louait comme figurants des théâtres nationaux. On peut imaginer qu'ils ont un soir, déguisés et méconnaissables, joué devant Emile et Pierre « Les Burgraves » ou « Lohengrin ».

Après mon renvoi de l'école communale, mon père, peu religieux, se résigne, malgré la dépense, à me mettre chez les prêtres du diocèse qui dirigent alors dans la ville un externat assez coté. « Ils le materont peut-être », pensait-il.

Le résultat, contre toute attente, fut excellent, mais pas tout à fait dans le sens prévu.

Ces messieurs, intelligemment, ne cherchèrent pas à me dompter mais à m'amadouer.

J'étais tombé sur l'un d'eux qui, ayant étudié chez les Dominicains, me laissait faire pratiquement ce que je voulais. C'est lui qui fut, a posteriori, le confident de ma première aventure féminine et qui me fit lire plus tard « A la recherche du temps perdu ». Pour le présent il me poussait à m'engager dans la troupe des scouts de l'école. L'uniforme me plaisait, surtout le chapeau, mais je n'avais pas l'amour du pouvoir ni l'ambition de commander, si bien qu'après quelques sorties amusantes, style « peaux-rouges » et « jeux de piste », je compris que j'allais être frustré de mon cinéma du jeudi, ce qui était proprement intolérable.

Les aventures de Tom Mix et le ciné-roman du « Gant rouge » me paraissaient essentiels à mon éducation.

Je me rappelle que le cinéma Familia — celui où le faisceau des images sortait de la bouche d'un énorme masque antique sculpté sur la cabine de projection — donnait cette semaine-là (c'était en 1927) le film de Rex Ingram « Mare Nostrum ». J'étais cloué au lit par la grippe.

J'attends un jour ou deux et, un après-midi, après avoir consulté les horaires, je me lève en hâte et en cachette. Je m'habille et je file en enjambant le balcon et en me laisant glisser le long de la tringle qui commande le store du magasin.

Je rentre deux heures plus tard avec la satisfaction du devoir accompli ou du désir assouvi — c'est la même chose —, mais cette fois je passe par la porte. Je crois que c'est une des rares fois où j'ai vu mon père se mettre en colère.

Nous avions pris l'habitude, vers cette époque, de reconstituer les films que nous avions vus ; ils étaient tous muets. Nous nous mettions à deux ou trois pour le faire et nous nous distribuions les rôles avec précision.

Mon ami Georges Pâques et moi-même étions les héros et s'il le fallait, les seconds ou les troisièmes couteaux.

Mon frère cadet, Jacques, jouait toutes les femmes. Il n'avait pas toujours vu le film mais nous lui indiquions ce qu'il avait à faire.

A nous de retrouver, plan par plan, l'intégrité de l'œuvre. C'était un exercice de mémoire visuelle incomparable.

Les scènes d'amour nous intéressaient moins que les exploits ou les bagarres et nos héros favoris étaient Douglas Fairbanks et Rudolph Valentino.

Dans « L'aigle noir », dont nous avions particulièrement bien réussi la reconstitution, nous avions emprunté le chat du voisin pour jouer le chien de manchon dont la gouvernante de Vilma Banky menace Valentino.

« Mords-le, César ! » disait-elle à son chiot. Mais notre animal ne voulut rien savoir... (Rappelons-nous la scène du chat et de la jatte de lait dans « La nuit américaine ».)

Il s'enfuit et nous obligea à filmer sans lui. Nous avions péché par excès de réalisme et fait une erreur de distribution !

Quelques années plus tard, c'est, sinon au péril de ma vie, au moins au mépris de ma santé et de mon esthétique que j'ai vu Laurel et Hardy dans « Les Compagnons de la Nouba » (« Sons of the desert »). Je pars précipitamment de chez moi pour la séance de 20 h 30 à l'Excelsior. Il fait nuit, il pleut, je cours tête baissée. Le pâtissier du coin ferme boutique et sort de son couloir, ses volets sur l'épaule, pour les fixer sur la vitrine. Le choc est dur : la ferrure d'un volet m'écrase le nez. Je pisse le sang. Les bienfaisantes bornes-fontaines de la ville me permettent de l'étancher. Au lieu de rentrer sagement à la maison, je fonce au cinéma. Première partie : documentaire et actualités. Je porte la main à mon visage : elle est toute rouge. Je file à la toilette. Mon nez est énorme et sanguinolent. Je le nettoie consciencieusement et reprend ma place pour voir le film — un des meilleurs de Laurel et Hardy. Je rentre et me couche sans mot dire. Le lendemain, le spectacle de mon visage est impressionnant : c'est celui d'un boxeur qui a vaillamment combattu. Le médecin dit : « Rien à faire. Les os de la face se solidifient rapidement. Une demi-heure après le choc on aurait pu intervenir pour redresser l'appendice. Maintenant, c'est trop tard. » Tout mon visage, jusqu'à la racine des cheveux, vira, dans la semaine, du rouge au jaune, en passant par le violet. Vive le cinéma !

6

Mon amour du cinéma était déjà lié à certaines lectures, comme les aventures d'Arsène Lupin, de Rouletabille, ou les romans de Georges Simenon qui commençaient à paraître.

Lupin est un vrai héros français, élégant, chauvin et xénophobe.

Il revient à la mode ; j'ai vu hier chez un libraire une nouvelle édition très soignée de ses exploits en trois volumes.

Cet été à Etretat, patrie de « L'Aiguille creuse », s'est tenu un colloque rendant hommage à la fois au héros et à son créateur, Maurice Leblanc, qui habitait la région.

Il semble que le cinéma n'ait pas su exploiter ce filon.

Encore que les droits d'adaptation des romans de Maurice Leblanc sont, paraît-il, tous retenus. Par qui ? Et pourquoi ? Puisque personne ne les tourne... Si bien que si l'on veut vraiment filmer les aventures de Lupin il faut créer un scénario complètement original ou, s'inspirant de ses exploits, combiner par exemple « L'Aiguille creuse », « Le Bouchon de cristal » et « 813 », prendre un épisode ici, un personnage là, comme le firent Yves Robert (« Signé Arsène Lupin ») et Jacques Becker (« Les aventures d'Arsène Lupin ») dans deux excellents films interprétés par Robert Lamoureux, le meilleur de tous les Lupin.

Est-ce parce que les aventures du gentleman cambrioleur sont trop invraisemblables, trop rocambolesques, qu'on les tourne si peu ? Mais celles de Fantômas et de James Bond le sont aussi.

Est-ce parce que le héros est trop lyrique, trop exalté ? Mais il a aussi des moments de dépression. Curieusement, s'il résoud toutes les énigmes, il se trouve souvent en mauvaise posture dans sa vie personnelle, ratant par exemple, finalement, sa vie sentimentale...

C'eût été là matière à des scénarios, jouant sur plusieurs plans, que personne n'a eu l'idée d'écrire.

Remarquons que le cinéma n'a pas su tirer parti non plus du héros de Jean Ray : Harry Dickson, quoique Resnais, après de longues études et une étroite collaboration avec l'auteur, ait été tout près de tourner un film sur ses aventures.

En revanche, il semble que le créateur de Maigret ne pose aucun problème aux cinéastes : le nombre des adaptations de ses romans à l'écran ne se compte pas.

C'est sans doute parce que nous sommes là sur un terrain solide : celui du réalisme et en compagnie d'un héros, le commissaire Maigret, qui pourrait être notre voisin de palier.

C'est aussi parce que Simenon joint à l'art du dialogue celui du récit.

« Concarneau est désert. L'horloge lumineuse de la vieille ville qu'on aperçoit au-dessus des remparts marque onze heures moins cinq. C'est le plein de la marée et une tempête du sud-ouest fait s'entrechoquer les barques dans le port. Le vent s'engouffre dans les rues où l'on voit parfois des bouts de papier filer à toute allure au ras du sol. »

Il me semble, à lire cette page du « Chien jaune », que le romancier voit déjà le décor du film avec l'œil du cinéaste — ce qui peut gêner ce dernier et lui donner l'impression que l'écrivain veut se substituer à lui et lui imposer sa vision des choses.

Dommage que Simenon, qui ne s'intéresse pas aux films inspirés par ses œuvres, n'ait jamais eu envie de se poster derrière une caméra !

« Aux gens de métier de se débrouiller », semble-t-il dire, « je leur ai mâché la besogne ! »

Marcel Carné, qui a tourné deux Simenon sans Maigret — « La Marie du Port » et « Deux chambres à Manhattan » —, avoue que ce qui lui a paru le plus difficile dans l'adaptation est de trouver le fil conducteur de l'intrigue.

Et il ajoute en plaisantant : « En plus avec Simenon, tôt ou tard, à un moment ou à un autre, il faut prévoir la pluie et le brouillard, ce qui augmente le devis du film. »

« Je n'ai jamais vu un film aussi simple ; c'est du Simenon. » Ce mot surprenant de Jean-Luc Godard à propos de « Muriel » rapproche deux noms rarement associés et crédite du même coup Simenon et Resnais d'une vertu inattendue pour l'un comme pour l'autre, cette simplicité qui est la marque des grands artistes.

Un autre écrivain que je lisais à l'époque revient à la mode aujourd'hui parce que c'est le centenaire de sa naissance : Francis Carco. Le milieu qu'il décrit, peintres, écrivains, filles, marlous, n'existe plus depuis longtemps ; comme hélas tout l'aspect « Paname » de Paris. Mais c'est un poète sensible, douloureux, doloriste même.

Je préférais ses souvenirs — « De Montmartre au Quartier Latin » — à ses romans. Il a écrit un reportage remarquable sur les « Prisons de femmes » où la rigueur du témoin ne dessèche pas le cœur du romancier — c'est lui qui jouait son propre rôle dans le film que Roger Richebé tira, en 1938, de cet essai.

Simenon, qui l'a connu, dit de lui : « Il existe entre nous un lien mystérieux, profond. »

Je pense que c'est celui de la sympathie qu'ils ont en commun pour les déshérités, les marginaux, les incertains.

On n'est jamais si bien servi que par soi-même : Gaston Leroux, qui avait publié vers 1907 en feuilleton dans « La petite Illustration », « Le mystère de la Chambre Jaune » et « Le parfum de la dame en noir », adapte dès 1916 pour le grand écran l'un de ses romans, « L'homme qui revient de loin », écrit en 1918 un scénario original en seize épisodes, « La nouvelle aurore », et finit par fonder sa propre maison de production, « Cinéromans », dont il est le scénariste attitré.

En 1979, j'ai joué pour la télévision un petit rôle dans une adaptation remarquable de « La double vie de Théophraste Longuet ».

C'est la terrible histoire d'un homme pacifique et doux, saisi par moments et par surprise d'un désir irrépressible de violence et de meurtre. Il est littéralement possédé alors par l'esprit du célèbre bandit Cartouche dont il retrouve, à deux siècles de distance, le comportement et la voix. Il tente de lutter mais l'âme de l'autre est la plus forte. Après plusieurs meurtres, il finit par tuer sa femme d'un coup de sabre.

Il se réfugie pour mourir chez son ancien compagnon Ambroise, après avoir écrit la confession de cette « possession ».

La réussite et le succès de ce téléfilm semblent prouver qu'on peut tout raconter au cinéma, à condition de soigner le scénario et le dialogue.

La facilité est un piège.

Le courage et la poésie sont les deux sources du talent.

7

Pour en revenir à mon adolescence, je renonce donc rapidement à être scout et mon « directeur de conscience » proteste à peine. Je me souviens seulement qu'à quelque temps de là, il se plaindra à mon père : « Je ne sais pas si j'en ferai quelque chose, il n'a pas le sens de Dieu. » Jugement hâtif sans doute mais qui, à l'époque, avait toutes les apparences d'être vrai.

Bref, à quinze ans, on m'avait déjà asséné quelques rudes vérités, toutes négatives, du moins en ce qui concernait Dieu et la musique !

Bien des années plus tard, en 1947 exactement, le hasard me mit en présence de l'évêque de Strasbourg, Mgr Weber.

Nous étions en tournée avec la Comédie de Saint-Etienne.

Hubert Deschamps, qui savait par cœur la nomenklatura de l'Eglise en France, nous emmena, René Lafforgue et moi, chez ce monseigneur qu'il connaissait déjà.

Nous tombons sur un prêtre soldat énergique, le cheveu court, botté sous sa soutane.

Je laisse parler mes camarades ; puis la conversation s'effiloche.

L'évêque se tourne vers moi qui n'avais pas ouvert la bouche.

Je me rappelle à ce moment le nom d'un prêtre alsacien que j'ai rencontré l'été dernier chez mon frère Jacques, professeur à Villard-de-Lans, l'abbé Engelman.

J'avais à peine prononcé ce nom que l'évêque se lève, très troublé : « Comment, vous avez vu Engelman ? Un très cher ami à moi dont je suis sans nouvelles depuis des années. Parlez m'en ! »

Pendant un quart d'heure, il n'y en a que pour moi et Engelman.

Nous nous retrouvons dehors, mes deux camarades et moi, silencieux.

Hubert finit par dire dans son langage du XVIIe siècle : « Libertin, libertin, c'est bien joli mais pour un libertin, tu ne te débrouilles pas mal avec les évêques ! »

Un de mes cousins épousa jadis une jeune fille du Nord de très catholique famille. Plusieurs soutanes furent invitées à la noce. Je fus exclu car on craignait un scandale de ma part. Ces braves gens n'avaient pas compris que mon anticléricalisme s'accommodait fort bien d'une grande courtoisie et de rapports performants avec les représentants de l'Eglise.

Mais on ne détruit pas si facilement une réputation, surtout quand elle est fausse.

Je posais toujours d'ailleurs aux prêtres que je rencontrais cette colle : « Combien y a-t-il de boutons dans une soutane ?

La réponse était incertaine. Je la connaissais depuis que j'avais joué dans la salle d'œuvres d'une paroisse de Paris « Pas de prêtre entre toi et moi », de Pierre Lhermite.

C'était la sombre histoire d'une jeune fille pieuse courtisée par un prétendant athée qui lui disait :

« Tout ce que tu voudras mais pas de prêtre entre toi et moi. » Je finissais, en bon confesseur un peu perfide, par arranger les choses, je ne sais plus très bien comment.

Le curé de la paroisse, le soir de la première, se précipita dans ma loge en m'appelant « mon cher confrère » et il me révéla que toutes les soutanes, quelle que soit leur taille, ont trente-trois boutons, l'âge du Christ quand il mourut.

Je vérifiai immédiatement cette affirmation sur mon costume.

Maintenant je n'ai plus, comme chacun sait, grâce à l'évolution de l'uniforme, l'occasion de le faire.

Le curé que Flaubert décrit dans « Bouvard et Pécuchet » est un grand opportuniste. Royaliste sous Louis-Philippe, républicain en 1848 (il va même jusqu'à planter un « arbre de la liberté ! »), il devient, avec joie, bonapartiste à l'avènement de Napoléon III.

Dans une scène d'un téléfilm tourné par Robert Valey, un grand dîner réunit à la cure tous les notables du coin.

Au moment de dire le bénédicité, on s'aperçoit que personne n'a songé à retrouver le texte latin de cette prière. Le curé du petit village normand où nous étions n'en sait pas davantage.

Je fus obligé, anachroniquement, de dire le bénédicité en français.

En tous cas, ma soutane avait bien, ce jour-là, trente-trois boutons.

Celle du père blanc que je revêtis dans « Coup de Torchon » n'en avait que vingt-deux. Il est vrai qu'il s'agissait d'un missionnaire et que, d'autre part, c'était de Londres que venaient les costumes !

Le Christ de la croix de mon cimetière s'étant déglingué, je suis obligé de le reclouer et, pendant l'opération, j'adresse quelques bons conseils à Philippe Noiret.

Quelques jours après la sortie de « Coup de Torchon » à Paris, je reçois un coup de téléphone d'un inconnu qui me dit à peu près ceci : « Monsieur, je suis menuisier-charpentier, j'ai vu le film l'autre soir et je suis scandalisé de la façon dont vous tenez votre marteau, surpris aussi que les machinistes ne vous aient pas montré qu'on ne brandit pas cet instrument par le milieu du manche en esquissant un pas de danse à chaque mouvement. »

J'écoutais parler mon interlocuteur en essayant de reconnaître sa voix car je croyais à une blague. Il ajouta : « Et ne dites pas qu'un prêtre n'est pas tenu de savoir manier un marteau ; vous êtes un missionnaire et ces gens-là savaient tout faire. Au revoir monsieur. » Je réplique alors : « Mais dites-moi au moins votre nom, que nous puissions nous rencontrer pour parler de cette intéressante question... » « Je vous ai dit ce que j'avais à vous dire. » Et il raccrocha.

Encore un mystère qui pourra peut-être s'éclaircir le jour, improbable, où mon homme lira ces lignes...

8

L'épilogue de mes études secondaires va se situer à Lyon, au lycée du Parc.

J'avais échoué au bac en 1930, à cause des filles pensaient certains.

Là encore, le Dominicain eut une bonne et décisive influence.

Mon père me voyait déjà chez les Jésuites de Dôle. « Ne faites pas ça, dit le prêtre, avant huit jours il sautera le mur. Mettez-le plutôt dans un grand lycée à Paris ou à Lyon. » Ce qui fut fait.

Dès mon arrivée, je compris que j'étais dans le milieu qui me convenait : nombreux camarades — nous étions quarante en première — de tous les milieux et de toute origine, professeurs remarquables qui faisaient leurs cours les mains dans les poches, sans notes, et qu'on était forcé d'écouter.

Le professeur d'histoire était un grand roux, sec, aux yeux bleus. Ses cheveux, moussant sur ses tempes, lui donnaient un air de Riquet à la houppe.

Il avait une façon personnelle de nous expliquer les causes de la guerre de 1914 : tout venait, disait-il, de ce qu'en 1912 les chiffres du commerce allemand avec la Chine avaient dépassé ceux de l'Angleterre. La guerre devenait donc inévitable…

Le professeur de français, petit pot à tabac trottinant, ressemblait à Alerme, un des grands acteurs de composition du cinéma français.

Il se promenait toujours avec un cartable énorme, bourré de livres et de cahiers, qu'il n'ouvrait pratiquement jamais. Il le balançait sur son bureau d'un large mouvement du torse, s'asseyait et parlait. Ah les Gaulois tellement amoureux de la parole ! Nous étions subjugués.

Le résultat fut que toute la classe, quasiment, obtint les deux bacs dans la foulée.

9

Après « Muriel », Dolorès Grassian m'engagea pour son premier court-métrage, « La surface perdue », qui fut primé au Festival de Tours en 1966.

Nous tournions au large du Petit-Clamart, dans un terrain vague où commençaient à s'élever quelques constructions.

Nous avions souvent la visite amicale et chaleureuse de Chris Marker.

« Un court-métrage, disait Dolorès, c'est *une* bonne idée et *une seule.* » La sienne consistait à avoir imaginé un groupe de trois architectes confrontant leurs plans sur le terrain.

L'ordinateur les avertit qu'ils ont perdu une surface qui ne figure pas dans leurs calculs.

Ils se mettent à chercher et retrouvent, en effet, un grand quadrilatère inutilisé.

Tout heureux, ils se remettent au travail.

L'ordinateur les rappelle ; il admet qu'il s'est trompé. Aucune surface n'a été effectivement oubliée.

Le film se termine sur les trois hommes, perplexes, arpentant sous la pluie, dans le soir qui tombe, le problématique rectangle...

Malgré sa récompense, « La surface perdue » ne sortit jamais en salle.

Le producteur, trouvant qu'on ne lui achetait pas le film assez cher, le garda chez lui comme la loi l'y autorise. Il en est le seul propriétaire mais n'a cependant pas le droit de le détruire.

Très peu de temps après, Jacques Demy, en souvenir de « Cléo de cinq à sept » et de « Muriel », m'engagea pour un petit rôle dans « Les parapluies de Cherbourg », réussite parfaitement originale, le premier « musical » intégral du cinéma français.

Tout le film est chanté sur une partition de Michel Legrand mais les voix qu'on entend ne sont pas celle des acteurs. Ce sont celles de chanteurs qui ont enregistré au préalable toute la musique sur des disques qu'on remet aux comédiens en lieu et place du script.

A chacun d'eux de faire tourner inlassablement son rôle, à « l'embouquer » par l'oreille de façon, le jour du tournage, à chanter en même temps que le phonographe.

Bref, il faut que la bande son et la bande image, enregistrées séparément — celle-là précédant celle-ci —, coïncident exactement.

On imagine que cette « présynchronisation » posa quelques problèmes à certains comédiens.

Il est admis que c'est Catherine Deneuve qui fut la plus virtuose de nous tous...

J'avais déjà commencé, au milieu des années 50, à tâter de la télévision.

C'était l'époque dite de l'école des Buttes-Chaumont : œuvres originales ou écrites avec soin et tournées *en direct*.

Là aussi les acteurs étaient confrontés à certaines difficultés techniques.

A l'inverse du cinéma, il était impossible de recommencer une prise.

La première devait être la bonne puisqu'elle passait à l'antenne ; ce qui me convenait parfaitement, d'autant que j'avais retrouvé mes rôles de troisième couteau.

Il faut dire que le tournage était précédé de nombreuses répétitions.

C'est surtout avec Claude Barma que j'ai travaillé. Mais il y avait aussi, dans la maison, Marcel Bluwal et Stellio Lorenzi.

Après « Les parapluies de Cherbourg », André Versini, qui venait du cinéma, me proposa le rôle principal d'un feuilleton télévisé écrit par Jean Cosmos : « Rue Barrée », histoire d'une rue devenue piétonne grâce à l'obstination d'un retraité de la Marine.

Versini mourut en cours de montage et on découpa le film en rondelles de dix minutes alors qu'il s'était toujours opposé à cette solution. Il souhaitait des épisodes d'une demi-heure au moins.

C'est à cette époque que Louis Malle me confia un petit rôle dans « Le Voleur ». Je fus émerveillé par sa technique.

C'est pour moi l'un des réalisateurs français les plus « savants ».

Comme tous les bons metteurs en scène, il préparait soigneusement chacun de ses plans, sans hésiter sur la place de la caméra.

Avant de tourner, il vérifiait les lumières, le cadre, l'objectif. Il y passait apparemment plus de temps qu'il n'en faut, modifiant ici l'inclinaison de l'appareil, là la place d'un projecteur.

Quand on passait à l'action, tout allait très vite : trois, quatre prises au maximum.

C'est ainsi que j'ai vu travailler tous les grands réalisateurs, de Bunuel à Resnais, en passant par Truffaut; mais Louis Malle m'a paru le plus méticuleux de tous.

Suivit une période difficile.

Pendant quelques années, je ramai péniblement, jusqu'au jour de juin 1968 où François Leterrier me proposa un rôle de garde-chasse dans un film inspiré d'un roman de Pierre Moinot, « La chasse Royale ».

C'était une co-production franco-tchèque. Le film devait se tourner en Slovaquie, aux environs de Bratislava, l'ancien Presbourg de l'empire austro-hongrois.

C'est là que, le 21 août, après trois semaines de travail, nous vîmes arriver — nous, c'est-à-dire Sami Frey, Claude Brasseur, Suzanne Flon et Ludmilla Mikaël — l'armée rouge.

Elle était toute noire.

Ainsi nous apparurent les tankistes russes, seigneurs de la guerre, se prélassant sur leurs machines en fumant du tabac blond, tandis que les troupes coloniales — des Mongols — engoncées dans leurs uniformes kakis étriqués, roulaient leurs cigarettes en gardant les ponts du Danube.

Ce qui était d'ailleurs frappant dans cette armée c'était, à côté des techniques les plus modernes, un mode de vie ancestral et paysan.

Dans les défilés, les canons anti-aériens étaient suivis de roulantes où cuisaient des patates.

Dans une île de Trentchin, une section avait installé des tentes rondes, analogues à celles que l'on voit sur les images de la guerre de 1870.

Les soldats, à côté, épluchaient les légumes pour la soupe ou faisaient la lessive.

Les Russes ne s'opposaient pas à ce que le film continuât mais les Tchèques insistèrent pour l'interrompre.

Le producteur, arguant qu'il s'agissait d'un cas de force majeure, refusa élégamment de nous rapatrier. Nous dûmes payer notre voyage de retour à Paris.

Un mois plus tard, il nous ramena quand même à Brastislava à ses frais, quand les Tchèques se laissèrent persuader de terminer « La chasse Royale ».

Tout se passa fort bien et nous ne vîmes plus un seul soldat russe.

Nous tournions dans un château des Carpathes (ô Dracula !) entouré de magnifiques forêts. Les jours de liberté, je les passais dans les bois déserts et sauvages où la main de l'homme, comme on dit, ne semblait pas avoir mis le pied.

Un jour, je rencontre au détour d'un chemin un renard qui me tourne le dos et part tranquillement à ses affaires.

Une autre fois je surprends, derrière un taillis, une biche qui bondit par-dessus les buissons en poussant un cri rauque, déchirant, et dévale la pente à toute vitesse.

J'entendis son hurlement résonner encore quelque temps au fond de la vallée. J'étais moi-même fort ému d'avoir, à mon insu, déchaîné la grande frayeur de l'animal.

Une aventure nous attendait à notre retour en France, après le montage du film qui avait eu lieu à Bratislava.

Le producteur avait fait doubler « La chasse Royale » en tchèque, en polonais, en hongrois, etc. Bref, il avait eu l'intention — normale — de l'exploiter dans les pays de l'Est.

Mais il refusa de le présenter en salle à Paris.

Comme le producteur de « La surface perdue », il usait du droit que lui confère la loi en tant qu'unique propriétaire du film : le garder dans son coffre-fort et le savourer pour lui seul les soirs de mélancolie.

Il consentit cependant à nous montrer « La chasse Royale » en projection privée, avec quelques invités.

A l'issue de cette séance, un vieux couple s'approche de moi : « J'ai entendu dire, Monsieur, que vous étiez garde-chasse dans les Vosges et mon mari me fait remarquer qu'en effet un comédien professionnel n'aurait jamais pu nous donner cette impression d'authenticité. »

Je restai sans voix devant cet éloge du cinéma-vérité et cette condamnation sans appel de l'art de l'acteur.

On commençait déjà à me prendre pour un autre...

« La chasse Royale » ne sortit donc jamais dans les salles mais François Leterrier parvint à le faire programmer à la télévision.

A la seconde diffusion, un dimanche de novembre 1972, François Truffaut, qui venait de commencer depuis quelques jours « La nuit américaine » à Nice et qui était en mal de comédien pour jouer le producteur, me vit dans le rôle du garde-chasse.

Il comprit tout de suite que qui peut le moins peut le plus. Dès le lundi matin, il téléphona à la production du film de Claude Goretta, « L'Invitation », que je finissais de tourner à Genève.

Trois jours plus tard, j'étais à Nice.

10

En septembre 1939, quand éclate la Seconde Guerre mondiale, je suis supposé avoir en poche une licence de lettres et un brevet de chef de section.

En réalité, je n'ai ni l'un ni l'autre mais la force et l'urgence des événements sont tels que l'autorité militaire ne s'arrête pas à ces détails, suppose le problème résolu et m'envoie immédiatement à Saint-Maixent pour apprendre le métier d'officier d'infanterie.

Charmante campagne vallonnée, officiers instructeurs polis et déférents, très stricts cependant sur le règlement.

Dès les premiers jours, un élève curieux posa, au cours d'un exercice, cette question :

« Mais mon capitaine, supposons que les blindés allemands, au lieu de suivre la route, coupent à travers champs. » « Impossible, le manuel d'infanterie n'envisage pas cette hypothèse », fut la réponse.

On connaît la suite...

La « drôle de guerre » se prolongeant — c'est-à-dire la non-bataille —, l'armée allait bientôt avoir trop d'officiers.

Il fallait faire quelque chose.

Une commission médicale fut chargée d'examiner tous les élèves dans le but évident d'éliminer les plus faibles. Je pense aussi qu'un chiffre avait été retenu : 10, 15 ou 20 %.

Toujours est-il que les médecins s'y prirent de telle façon — nous étions sept compagnies — qu'ils avaient atteint leur pourcentage avant d'arriver à la septième compagnie.

Le malheur — ou le bonheur — veut que j'appartienne à la première compagnie, celle qui compte le plus d'exclus.

Je suis éliminé sous le motif « bronchite chronique ». J'en suis le premier surpris.

Je toussais, comme beaucoup, dans cet automne humide. Mais quand la commission de Niort veut me réformer temporairement, je proteste violemment.

Je ne me vois pas revenir chez mes parents à Dijon la queue basse, d'autant que mes deux frères ne partent pas ; l'aîné est réformé définitivement pour une astucieuse maladie nerveuse, le plus jeune, sursitaire, n'est pas mobilisable dans l'immédiat.

Et puis ma mère, se rappelant sans doute l'incident du pont de Gergy, avait assorti mon départ d'une recommandation qui m'avait impressionné par son innocente cruauté. « Sois prudent, dit-elle avec son accent bourguignon, mais s'il t'arrive quelque chose il me reste tes deux frères. » Je sentais, sous ce cynisme apparent, une grande tendresse.

Et ce mot, chaque fois que j'y pensais, me faisait sourire, me donnait courage et réconfort.

Qu'allait-on faire de moi à la commission de Niort ? Pas question de revenir à Saint-Maixent comme je le demandais. On pouvait consentir au mieux à me verser dans le service auxiliaire. Plutôt que les subsistances, je choisis le service de santé.

Une nouvelle vie commençait.

L'Ecole d'Administration Militaire avait été transférée, dès le début de la guerre, de Vincennes à Nantes, ville poétique s'il en fut.

La mer est toute proche ; le passage Pommeraye, la place Graslin, les somptueux hôtels des marchands d'épices et d'esclaves du XVIIIe siècle composent un modèle d'architecture urbaine.

Patrie de Jules Verne, de Cambronne et de Jacques Demy, Nantes était devenue à cette époque un des ports de débarquement de l'armée britannique. Celle-ci nous apparut comme l'adversaire, choisi par le destin, de la Wehrmacht.

L'allure dégagée des soldats en battledress contrastait avec l'épaisseur de nos uniformes et la lourdeur de nos équipements.

Et puis ces Anglais avaient une façon de se saoûler et de visiter les bordels qui révélait à la fois un tempérament excessif et un esprit organisé.

Le samedi soir, le quai de la Fosse était encombré de pesants cadavres ivres morts que la Military Police embarquait sans ménagement dans ses camionnettes.

Pour obtenir ce résultat, la recette était simple : un mélange de bière et de cognac.

Bien peu y résistaient.

D'autre part, le défilé pour entrer dans les maisons de passe était impressionnant et discipliné. Un gradé veillait à ce que chacun respectât son tour et il n'y avait pas de bagarre.

Ainsi l'armée anglaise se préparait à la guerre.

Nous, on nous noyait — administration oblige — sous un déluge de textes et de règlements que nous devions connaître par cœur et qui étaient apparemment d'autant plus nécessaires que la guerre ne se décidait pas à commencer.

En janvier 1940, quand nous sortîmes de l'école avec le grade d'aspirant, les armées française et allemandes se regardaient toujours en chiens de faïence ; le front n'avait pas bougé d'un pouce.

Le résultat est qu'à cette époque nos amis fantassins qui venaient de Saint-Maixent et craignaient d'aller au casse-pipe, furent affectés dans les lointaines provinces pour parfaire leur instruction, à Clermont-Ferrand ou à Montpellier par exemple.

Tandis que les auxiliaires du service de santé furent envoyés illico dans la zone des armées.

C'est ainsi que j'arrive un jour à l'hôpital complémentaire du camp de Sissonne, près de Laon.

Sans le savoir, j'allais être aux premières loges pour la suite du spectacle...

En attendant, on voulut m'apprendre à monter à cheval.

On me fit grimper « à cru » sur un animal dont on avait envoyé la femelle dans le bois voisin.

Avec un hennissement de joie, mon cheval court au galop la rejoindre, oubliant probablement que je suis sur son dos.

Je n'ai qu'à me cramponner à la crinière, à entourer son cou de mes bras si je ne veux pas être projeté à terre.

Je me couche encore davantage quand nous arrivons sous les arbres dont les branches menacent de me scalper.

Et soudain tout se calme.

La pouliche est à nos côtés et nous rentrons tous les trois d'un train de sénateur.

De ma vie je n'ai jamais plus escaladé un cheval, même sellé.

La vie au camp de Sissonne était confortable.

Nous avions des chambres individuelles dans un groupe de maisons basses. La nourriture de la cantine était somptueuse, les repas étaient gais et bruyants, presque toujours arrosés d'un célèbre produit régional : le champagne.

On avait même prévu, pour le repos du guerrier, un bordel militaire de campagne (B.M.C.) pourvu d'une demi-douzaine de pensionnaires de qualité.

Deux fois par semaine, un jeune médecin de notre hôpital était chargé d'examiner ces dames. Je m'étais arrangé pour qu'il m'emmenât.

Comme mon uniforme ressemblait étrangement au sien, le caducée en moins, la patronne sous-maîtresse n'y voyait que du feu.

Après la visite, devant la coupe de champagne que nous offrait la direction, il me glissait le nom de celle qu'il avait trouvé la plus saine.

Je n'avais plus qu'à monter, à l'œil, sous les compliments de tout le monde.

Ce manège dura quelques semaines, en toute innocence.

Un jour, le colonel qui commandait le camp me fait appeler d'urgence dans son bureau. C'était un officier de la « Coloniale », képi sur l'oreille, écharpe de méhariste autour du cou, fort en gueule et brave homme.

Figé au garde-à-vous, je reçois de plein fouet une des plus bruyantes engueulades de mon existence.

Je n'ai jamais su comment il avait appris l'affaire et qui nous avait trahis, car le jeune médecin, lui aussi, fut relevé de ses attributions exceptionnelles.

Le printemps arrivait maintenant sans que les armées, face à face, aient cru bon de se mesurer.

A l'instigation du médecin-chef, nous prenons deux décisions importantes : faire du tennis et nous lancer dans l'horticulture.

On commence, à quelques mètres de l'hôpital, la construction d'un court et je suis chargé d'orner notre jardin de fleurs bien choisies. Je m'adresse à la maison Truffaut pour avoir son catalogue. En écrivant ce nom sur l'enveloppe, je suis loin d'imaginer ce qu'il signifiera pour moi plus tard !

Et ma main ne tremble pas !

Quelque temps après, fin avril, alors que j'étais seul à l'hôpital, je vois descendre d'une voiture un superbe général en visite d'inspection au camp.

Je lui fais les honneurs de la maison, lui parle de nos projets sportifs et horticoles.

Il a l'air très intéressé.

J'espère que son rapport — forcément optimiste — est parvenu à temps avant les mauvaises nouvelles du 10 mai sur le bureau de l'autorité supérieure.

En somme, nous faisions tous semblant d'oublier cette guerre, toujours présente cependant.

Mon ami Delmouly, qui venait d'Agen, me racontait souvent les souvenirs de son père en 1914. « Voilà, disait-il, en montant au front tu passes devant une belle maison. Tu reviens quelques jours plus tard, elle est complètement détruite. Tu vois, mon petit, si c'est dangereux la guerre. »

Dans l'imagination d'un enfant de Lot-et-Garonne, bien au chaud dans sa province, cette histoire valait sans doute tous les récits de bataille.

Le 9 mai 1940, Delmouly, justement, rentrait de permission, rapportant du pays une bouteille plate d'un Armagnac dont je n'ai jamais retrouvé le goût superbe.

Toute la nuit, dans ma chambre, devant une carte de la région, nous supputons, en buvant, la suite des événements.

Nous nous séparons pour dormir un peu.

Au matin, je suis réveillé par des explosions inaccoutumées.

Un régiment anglais d'artillerie est bien arrivé la veille au camp et on nous a prévenus qu'il se mettrait au travail de bonne heure ; je me retourne dans mon lit, bien décidé à retrouver le sommeil.

Je suis pourtant intrigué par les nombreuses allées et venues et parlottes sous mes fenêtres. Je me lève, j'ouvre les volets et je vois que tout le monde est dehors et porte casque et masque à gaz.

Quelqu'un me lance : « Les Allemands sont entrés ce matin en Belgique. »

Je m'habille en hâte, me précipite vers l'hôpital où tout le personnel rassemblé m'accueille la mine sombre.

Le médecin-chef m'interpelle : « Champion, abandon de poste devant l'ennemi. »

Le spectre du conseil de guerre ne me fait pas trembler. Je salue en souriant.

Les explosions que j'avais entendues sont celles des premières bombes allemandes tombées sur le camp.

Dès lors, tous les matins vers six heures, nous voyons deux ou trois appareils se détacher d'un groupe et venir nous rendre visite.

Ils lancent de modestes engins de quarante ou cinquante kilos dits « pour personnel » qui se fragmentent en mille petits éclats.

Nous constatons très vite que les Allemands épargnent les bâtiments et que la meilleure protection est encore de vivre sous un toit.

Conclusion que je parais être le seul à tirer car mes camarades croient bon de creuser dans le jardin de l'hôpital des tranchées où ils s'enterrent pour passer la nuit. Ils en sortent au matin, un peu hagards et maculés de terre.

Je me suis installé dans la plus belle chambre de l'hôpital et je dors en pyjama dans un lit frais. Les avions allemands se chargent de me réveiller et j'entends tomber les bombes en prenant mon bain.

Il fait toujours un temps magnifique.

Le ciel est sans nuages.

Cependant, les nouvelles filtraient peu à peu et elles étaient mauvaises.

Les Allemands, après avoir traversé la Belgique, fonçaient droit sur les Ardennes, réputées infranchissables par les blindés, et via Rethel, s'approchaient de Laon.

C'est ce que nous apprendront trois officiers français qui ont perdu leur unité.

Nous commençons à voir passer, au large du camp, des chars à bancs plein de soldats épuisés.

Un jour — ce devait être vers le 15 mai —, un officier qui dispose d'une voiture propose au colonel, pratiquement coupé de toute nouvelle, d'aller chercher des renseignements à Laon, auprès du général commandant la subdivision.

Je m'arrange pour l'accompagner et nous voilà tous les deux partis dans une Delage blanche, sans doute pour ne pas éveiller l'attention. Nous sommes survolés un instant par un avion que nous identifions anglais et nous arrivons sans incident à Laon.

Il est près de midi et le général, très vieux dans son uniforme à brandebourgs, tourne le bouton de la radio et nous dit : « Vous tombez bien messieurs, c'est l'heure du bulletin d'informations. »

Scène digne de celles que racontent Alphonse Daudet ou Maupassant — lorsque par exemple, en 1870, un état-major français se laisse surprendre par l'ennemi au milieu d'une partie de cartes —.

Visiblement, sur la bataille en cours, le général n'en sait pas plus que nous.

Le bulletin — rassurant — une fois terminé, il dit : « Eh bien messieurs, allons déjeuner. » Mais il ne nous invite pas pour autant.

Mon camarade et moi sommes effondrés. Nous choisissons un restaurant dans la ville haute, sur une terrasse dominant la gare.

Nous assistons, pendant le repas, à un carrousel d'avions allemands qui bombardent, en toute tranquillité, les voies de chemin de fer.

Tous les garçons de l'établissement ont disparu. Nous sommes les seuls clients.

Nous allumons un cigare.

De retour au camp, les événements se précipitent. L'ordre arrive, paraît-il, de quitter Sissonne mais, déjà, les rats ont commencé à fuir le navire.

Les troupes de passage sont toutes montées au front.

Le 27e régiment d'infanterie de Dijon, où j'ai retrouvé quelques camarades, est parti, depuis plus d'une semaine, pour prendre position sur le Canal Albert en Belgique ; il ne reviendra jamais.

Les permanents du camp — l'Etat-major, les boulangers, les infirmiers — prennent la route en désordre. Le service de santé se distingue par une certaine discipline.

Les ordres sont d'abandonner tout bagage. Je laisse bravement dans ma cantine plusieurs livres dont un dictionnaire grec (ô ! Sylvain Itkine, helléniste de « La grande Illusion » ; ô Pindare !).

Ne disposant que d'une brosse à dents et de linge de corps dans une musette ou un petit sac, les infirmiers sont très surpris de voir le médecin-chef au volant de sa voiture, chargée d'une malle et de plusieurs valises.

Un silence éloquent accueille son arrivée.

Tout le monde se case — une vingtaine de personnes — dans les deux camions militaires prévus à cet effet.

Nous prenons la direction d'Amiens.

Un petit suiveur, sur une belle bicyclette neuve, c'est moi-même qui ai retrouvé cet engin dont personne ne voulait et qui le chevauche avec plaisir derrière les voitures.

Elles sont maintenant intégrées à une longue file d'un ordre parfait.

Il n'y a pas encore de réfugiés sur les routes.

En montant le chemin des Dames, nous sommes survolés par une escadrille allemande d'où se détachent, à notre intention, deux ou trois avions.

Je verrai toujours, pour l'avoir observé souvent, le basculement et le piqué de ces appareils qui décrochent d'une formation impeccable dans un ciel méditerranéen.

Nous nous arrêtons pour nous jeter à plat-ventre dans le fossé de la route, à cette différence près que je me couche sur le dos pour ne rien perdre du spectacle.

Les petites bombes à fragmentation — toujours les mêmes — arrivent en sifflant désagréablement. Elles tombent çà et là.

Un de mes voisins reçoit un morceau de fonte dans l'épaule ; il est immédiatement soigné.

Une vieille paysanne, insouciante du danger, un fagot sur le dos, gravit une petite pente.

Je vois un projectile arriver droit sur elle.

Elle est littéralement effacée.

Là où il avait quelqu'un, il n'y a plus rien.

Nous passons au large d'Amiens en flammes.

J'abandonne ma bicyclette pour rejoindre mes camarades dans les voitures.

Nous entrons en Normandie.

Nous assistons, en fin de journée, à quelques kilomètres de Serquigny, au bombardement de la gare par les avions allemands.

Nous sommes sur place quelques minutes plus tard, après avoir croisé sur la route une femme en robe blanche ceinte de rouge qui marche vers on ne sait quel secours.

Ses sous-vêtements, sans doute bien serrés, ont arrêtés l'hémorragie, et le sang, qui s'est répandu autour de sa taille, dessine une sorte de ceinture.

Sur la place de la gare, pas de blessés ; seulement quelques morts, telle la sentinelle de service soufflée contre un mur et qui nous fixe de ses yeux vides. Elle semble encore monter la garde...

Sur les marches d'une vieille automobile dont la portière est ouverte, coule le liquide céphalo-rachidien d'un homme scalpé.

Une locomotive renversée fume encore et siffle, de toute sa vapeur, son dernier souffle.

Des cris de douleur nous parviennent d'un café tout proche. C'est le chauffeur de la machine, brûlé au visage par l'eau de sa chaudière et qui agonise sous nos yeux. Une de nos voitures l'emporte.

C'est tard dans la nuit que nous arrivons à Rouen où se regroupent les armées françaises en déroute.

On nous loge dans le séminaire de Mgr Villerabel qui s'est rendu célèbre, avant guerre, pour avoir racheté tous les bordels autour de la cathédrale, à des fins pieuses évidemment.

Nous pénétrons dans un dortoir où la puanteur animale de ces militaires épuisés est presque insoutenable. Chacun trouve un lit à tâtons et s'endort d'un sommeil de plomb.

Le lendemain, frais et reposés, nous nous présentons, mon ami Delmouly et moi, devant un général encore jeune qui nous lance presque guilleret :

« Alors messieurs, aimez-vous la mer ?

— Euh...

— Eh bien, je vous affecte tous les deux à l'hôpital complémentaire de Barneville, dans le Cotentin, mais je ne peux pas vous y faire conduire. Vous devez vous y rendre par vos propres moyens. Voyez donc s'il y a des trains en gare de Rouen. Voici votre ordre de mission. »

Et c'est ainsi que nos deux « héros », quelques heures plus tard, déambulaient sur un quai où il y a foule, dans l'attente d'un hypothétique train pour Cherbourg.

L'un de nous remarque une jolie petite brune, genre plutôt timide, qui nous fait les yeux doux.

Elle nous aborde carrément pour nous présenter son oncle, un grand gaillard d'une cinquantaine d'années, qui nous tend sa carte sur laquelle nous lisons : « Comte Jacques de Germigny. »

Nous nous inclinons et déclinons notre identité en précisant que nous allons à Barneville-sur-Mer.

« Messieurs, dit le comte, l'un de vous sait-il conduire ? » « Oui, moi » répond Delmouly.

« Eh bien, j'aurais besoin de vous justement pour aller dans le Cotentin, en face de Barneville sur la côte est, au château de Fontenay. Nous y arriverons ce soir, j'espère, et je vous conduirai demain à Barneville. Mon chauffeur, qui attend dans la voiture devant la gare, refuse d'aller plus loin. Il a peur. »

Cinq minutes plus tard, nous étions installés dans une superbe limousine ; Delmouly et le comte à l'avant, moi derrière avec la petite nièce. Le voyage fut sans histoires.

Les réfugiés commençaient à encombrer les routes mais ils n'étaient pas encore très nombreux.

Un seul embouteillage de voitures militaires à Elbeuf me donna l'occasion de faire l'agent de la circulation...

La nuit est déjà avancée quand nous arrivons au château de Fontenay.

A cet endroit, la côte est du Cotentin est plate et marécageuse.

Nous percevons le bruit des vagues et respirons l'odeur de la mer bien avant de l'atteindre ; une ligne claire marque le rivage. Le château nous apparaît fantastique dans cette blanche nuit d'été.

L'accueil est glorieux. Le comte a prévenu et quelques dames d'un âge certain nous ont préparé un repas somptueux, aux chandelles, dans une salle à manger Louis-XIV.

C'est plus impressionnant encore quand on nous conduit dans notre chambre : un seul lit pour nous deux mais quel lit ! Recouvert de perse et à baldaquin !

Les portraits des ancêtres nous observent du coin de l'œil. Ah Dieu, que la guerre est jolie !

Comme nous sommes très bavards l'un et l'autre, nous payons largement nos hôtesses par le récit de nos exploits.

Le lendemain, nous partons pour Barneville en voiture avec le comte qui tient à accomplir sa mission et nous déposer au poste de combat désigné par l'autorité militaire.

Nous allions désormais affronter de plus grandes difficultés.

Mise à sac
d'Alain Cavalier
Michel Constantin, Julien Verdier et Jean Champion
1965

Muriel
d'Alain Resnais
Jean Champion et Delphine Seyrig
1962

Photo : BM. BERNAND.

L'Ecole des femmes
de Molière
Jean Champion et Jean Dasté
1948

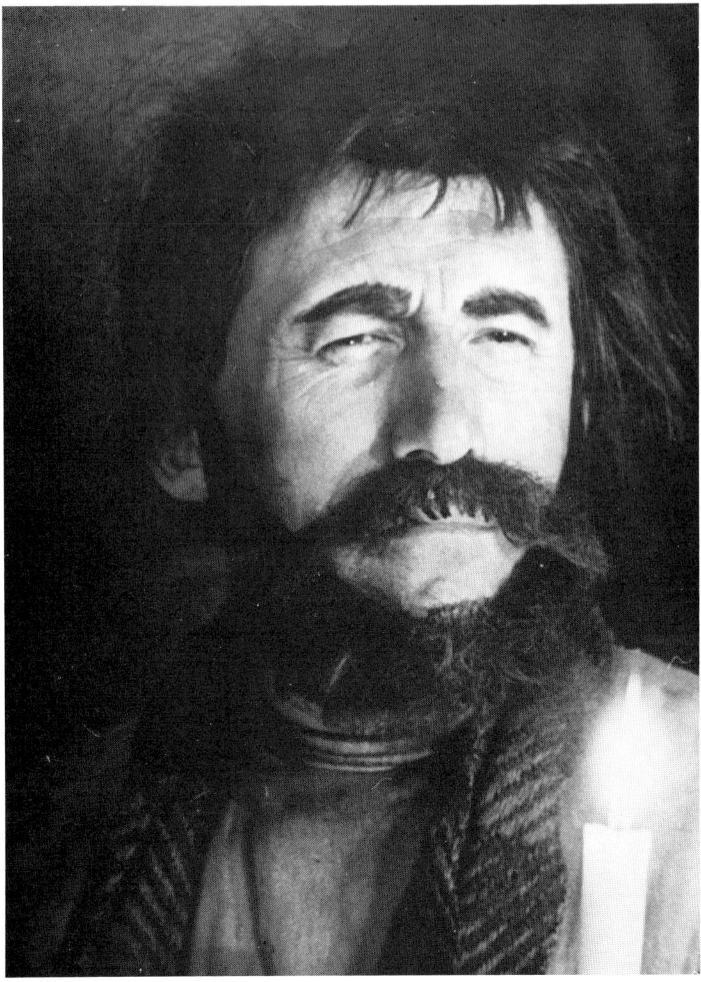

Photo : Etienne-Bertrand WEILL - Paris

Les Bas-Fonds
de Gorki
1956

Photo : James EVANS - Genève.

L'Invitation
de Claude Goretta
Michel Robin et Jean Champion
1972

Photo : MAREE BREYER

Cet animal étrange
de Gabriel Arout
d'après Tchekhov
Théâtre de l'Athénée
1983

Photo : Nicolas TREATT.

La Mère
de Gorki
au T.N.P., 1968

Victor ou *Les enfants au pouvoir*
de Roger Vitrac
Théâtre de la Bastille
1973

11

Il existait à Chalon-sur-Saône, dans ma jeunesse, une tradition à peu près perdue aujourd'hui : celle du carnaval.

Il faut chercher sans doute son origine dans les temps lointains où le duché de Bourgogne était rattaché aux Flandres, berceau de ces fêtes populaires.

Aucune étude historique, sociologique, scientifique n'a été faite, à ma connaissance, dans le détail, sur ce sujet. En fait, toutes se contentent de généralités ; par exemple que le carnaval — mot dont l'étymologie n'est pas établie — est une période de joie qui précède le Carême ; qu'il est marqué par la dernière nouvelle lune d'hiver — lune cornue, symbole des cornards — et qu'on célèbre essentiellement à cette date la deshibernation de l'ours, porteur dans son ventre des âmes des morts, qu'il libère par ses pets à l'approche du printemps.

Le 2 février, l'ours sort de sa tanière pour examiner le temps qu'il fait.

S'il fait clair, l'ours rentre dans son abri : c'est signe que l'hiver va durer quarante jours encore.

S'il fait sombre, l'ours sort pour de bon et donne ainsi le signal de la fin de l'hiver.

Donc, pour que la venue du printemps soit proclamée, il faut que tout soit sombre : il est donc nécessaire de se noircir le visage et les mains à l'aide de suie.

Deuxième élément : le déguisement avec inversion de sexe.

Troisièmement : la folie, l'énergie surabondante, désordonnée, presque hors du temps ; elle se manifestera dans le carnaval de Chalon par la bataille de confettis.

Quatrièmement : céder la première place et l'autorité aux enfants. C'est ainsi que dans le défilé on remarque beaucoup de grandes personnes déguisées en bébés. Car être fou — dans le sens carnavalesque du mot — ce n'est pas être bouffon ou dément : c'est retrouver l'innocence de l'enfance.

Le comédien ne fait pas autre chose ; il doit garder, quand il joue, la tête vide et l'esprit libre.

L'originalité du carnaval chalonnais est qu'il est précédé d'une journée de dérision, de parodie de la vraie manifestation qui a lieu le jour du Mardi-gras.

Le dimanche précédent, donc deux jours auparavant, se célèbre la fête des « Gôniots », placée alternativement sous l'autorité de la dynastie des « Cabaches » et des « Chiquerilles ».

Il fallait ce jour-là être en tenue de chienlit, être déguisé de façon grotesque ou négligée, bref être « gôné ».

Les femmes s'habillaient en homme, les hommes en femme ou en ours ; une chemise de nuit maculée au derrière, un pot de chambre à la main, constituait un déguisement classique.

Nécessaire en tous cas le masque horrible ou le barbouillage en noir du visage qui empêchait quiconque de vous reconnaître, car l'usage voulait que nul ne pût percer votre incognito.

Dialogue entre deux Chalonnais à la veille des fêtes :

« Te t'déguises ? »

« J'y dis pas ! »

La satire politique n'était pas exclue. Je me souviens qu'en 1933, année de l'accession d'Hitler au pouvoir, un travesti, après s'être fait la tête du dictateur, avait édifié autour de son visage une énorme toile d'araignée.

Le premier défilé du dimanche est une sorte de répétition de celui du Mardi-gras, à ceci près que le premier est présidé par un énorme mannequin de Cabache sur son char, tandis que l'autre est précédé par une poupée de son grandeur nature de Carnaval, couchée sur un drap blanc.

Quatre hérauts d'armes l'envoient en l'air à chaque carrefour et la jettent, après y avoir mis le feu, dans la Saône à la tombée de la nuit du haut du pont Saint-Laurent. Elle flotte quelque temps en flammes sur la rivière, et tout le monde chante :

« Carnaval qui savait nager
S'est retiré du côté de l'hôpital »

qui était bâti sur la rive opposée.

La population de la ville, toutes classes confondues, participait aux réjouissances des deux journées.

On élisait, parmi les ouvrières ou les employées, une reine et deux demoiselles d'honneur qui présidaient toutes les cérémonies.

L'un des temps forts était le défilé de l'après-midi qui rassemblait quatre mille à cinq mille travestis, une quinzaine de chars fleuris, une douzaine d'orchestres qui se distinguaient par les costumes de leurs musiciens, généralement des « pierrots » de différentes couleurs.

La musique de cirque était de rigueur et l'air national de la ville prenait le rythme et l'allure de la « Marche des Goniots » ainsi libellée :

« Ils sont v'nus, on les a r'connus » comme pour braver le sacro-saint incognito des travestis.

Un autre moment décisif était, à la fin du jour, la bataille de confettis.

C'était un défoulement de violence et d'amour. Il s'agissait de coincer l'élue dont on rêvait pour lui faire manger des confettis et lui en emplir le corsage.

En général, les filles acceptaient le combat et se battaient comme des lionnes.

On comprend que la sainte école où je poursuivais mes études ait eu l'idée de faire classe le Mardi-gras ; mais en raison de l'absence des élèves et de la réprobation générale, elle dut accepter finalement de donner congé le jour honni d'une fête païenne.

Le bal du carnaval durait toute la nuit.

C'était le couronnement du spectacle et l'épisode le plus « chic », mais là encore le mélange des classes sociales était évident.

L'incognito qui était de règle se relâchait le dernier soir. Les masques tombaient.

Les gens consentaient à être pris pour eux-mêmes.

J'ai vu le médecin le plus célèbre de la ville, déguisé en cow-boy, capturer au lasso le copain avec lequel il voulait boire un verre ou la danseuse qu'il désirait inviter.

Les dames de la société n'hésitaient pas à valser avec les employés de leurs maris et le patron avec sa secrétaire.

Les quatre frères fabricants de casquettes — qu'on appelait les quatre cavaliers de l'Apocalypse — se choisissaient un costume commun. J'ai vu successivement, au fil des années, quatre empereurs romains, quatre toréros et quatre cosaques.

Bien des années plus tard, en 1961 exactement, j'ai voulu retrouver mes souvenirs de jeunesse. Avant de prendre le train à la gare de Lyon, je passe chez Traonouez, le costumier de théâtre, qui tenait commerce près de la Bastille, et je lui emprunte un domino.

J'assiste à un défilé squelettique et triste, toute la fête noyée dans les manèges et les marchands ; une sorte de quinzaine commerciale sans gaîté.

Le soir, j'entre au bal, dans cette belle rotonde du Pathé-Palace, tour à tour cirque ou cinéma. Là où dansait autrefois la foule bariolée des travestis, je ne trouve que des oiseaux noirs ou gris en smokings et en robe du soir.

Quelques Pierrots et Colombines, anachroniques et incongrus, traversent parfois la piste.

On commence à regarder, comme une bête curieuse, ce mystérieux domino.

Honteux et confus, je vais dans les toilettes me remettre en civil.

12

Voix normale avec accent bourguignon : « C'est-y pas toi, Père Lustucru, qu'j'ai vu dans la lune hier soir ? »

Grosse voix déguisée : « Oh, ça s'peut ben ! »

Retour à la voix normale : « Avec ta grande barbe tu ressemblôs à Judas ! »

Grosse voix - rire : « Ah ! Ah ! Ah ! Ah !... »

Accroupis sous la table de la cuisine, nous écoutions, mon frère cadet et moi, mi-effrayés mi-ravis, la domestique de ma grand-mère, Joséphine, une forte jurassienne, jouer cette scène avec Lustucru sous la hotte de la cheminée.

Sa voix s'amplifiait et résonnait sous les voûtes cuisinières et nous faisions chaque fois semblant d'y croire.

Les fenêtres de l'appartement de cette grand-mère — la mère de mon père —

donnaient sur le port du Canal du Centre qui se jetait dans la Saône à quelques centaines de mètres de là.

Depuis, le cours du canal a été détourné, l'emplacement du port comblé par des H.L.M.

C'était, à cette époque, un bassin de trois cents mètres de long et de cent mètres de large, bordé de hauts platanes et de grosses bornes de pierre où pouvaient s'amarrer les lourdes péniches pleines du charbon de Blanzy-les-Mines.

Quelques années plus tard — j'allais avoir quatorze ans —, ma grand-mère fut clouée au lit par des rhumatismes articulaires. Elle avait, toute sa vie, fait bonne chère, goûtant fort les plats solides comme la potée et la choucroute, qu'elle arrosait d'un Beaujolais que lui expédiait chaque année son cousin de Juliénas.

Tous les jeudis, je devais aider Joséphine à transporter la malade de son lit à son fauteuil. Comme récompense, j'étais invité à dîner.

Le menu consistait invariablement en une escalope de veau à la crème avec des épinards.

Puis j'avais le privilège de pouvoir feuilleter les deux gros volumes des « Misérables » dans une vieille édition illustrée où Cosette et Jean Valjean prirent pour moi leur première et définitive apparence.

A peu près à cette époque, un modeste employé de commerce qui répondait au doux nom de Béduneau, fonda à Chalon un club pompeusement baptisé « L'enquêteur littéraire ».

Il avait pris, Dieu sait pourquoi, comme devise « Horae pereunt et imputantur » (Les heures meurent et nous sont comptées).

Comme aucun des dix membres — des employés ou des collégiens — n'avait pas vingt-cinq ans, ce constat de vieillard, amer et désabusé, paraissait au demeurant bien étrange.

Le but de cette association était assez vague : nous tenir au courant de la vie littéraire de notre région et surtout — mais cela on ne le disait pas trop, on le faisait — défouler les ambitions secrètes et les talents cachés sous nos jeunes impatiences.

Une maigre feuille mensuelle nous permettait d'assurer cette double ambition et de nous voir imprimés avant l'âge.

Nous nous réunissions tous les lundis soir dans un local humide et glacé, chauffé par un appareil à gaz dont la flamme apparente émettait un sifflement quasi obscène.

Il nous fallait hausser le ton pour lire nos élucubrations en prose ou en vers.

L'un de nous avait eu l'idée de raconter en alexandrins l'histoire des grandes découvertes scientifiques. Et ça donnait ceci :

« Enfin le grand Veuler, devant qui je m'incline
Sut faire de l'urée sans se servir d'urine. »

Ou, à propos de Marcellin Berthelot :

« Et le phare éclairant la noire obscurité
L'éclaire encore moins que cet homme éclairé. »

Un autre, plus lyrique, qui avait l'habitude de porter son feutre sur l'œil, à la manière de Maurice Chevalier, voyait déjà ce couvre-chef — après sa mort — au musée de la ville :

« Et les petits enfants, le lorgnant d'un air bête,
Diront "C'est donc cela le chapeau d'un poète !" »

Un poème, prétendu érotique, dont l'origine est pour moi obscure, nous mettait en joie :

« Ta robe soulevée à peine laisse voir
Un empire de grâce et d'amour. Oh ! Ce soir ! »

Ce « Oh ! Ce soir ! » nous paraissait riche d'interprétations et nous discutions sur la césure du premier vers. Fallait-il dire : « Ta robe soulevée — pause — à peine laisse voir » ou « Ta robe soulevée à peine — pause — laisse voir » ?

Parmi les camarades de ce temps-là, il en est un — Gaston Millot — que je pouvais raisonnablement m'attendre à rencontrer un jour comme photographe ou chef opérateur sur les plateaux de cinéma ou de théâtre.

Comme tous les mordus de ce sport, il se promenait toujours avec son appareil en bandoulière, prêt à saisir la scène inattendue ou le paysage insolite.

Il avait d'ailleurs l'esprit tordu qui convient à l'exercice de cette passion, toujours à l'affût de l'angle ou de l'ange du bizarre.

Je le soupçonnais même d'être un peu voyeur — normal pour un photographe —, collectionnant, paraît-il, dans son enfer, quelques surprenants clichés de sa mère.

Bref, il possédait à mon sens toutes les vertus exigées pour devenir un Cartier-Bresson ou un Henri Alekan.

Après cinquante ans d'absence et de silence, personne ne sait ce qu'il est devenu.

J'espère que les nécessités de l'existence ne l'ont pas obligé à mener une vie obscure et que, même dans ce cas, il a amassé des trésors qui paraîtront au jour.

S'il lit ces lignes, qu'il s'éveille et se manifeste.

J'ai toujours été choqué par le fait que des gens pleins de talent trahissent leur vocation parce qu'ils n'ont pas eu le courage de « déplier ».

13

En 1956, Jean-Marie Serreau me demande de jouer un troisième couteau dans la première pièce de Michel Vinaver « Les Coréens ». En même temps, Jean Le Poulain me sollicite pour un autre couteau dans « César et Cléopâtre » de George Bernard Shaw.

Je trouve la pièce de Vinaver — que Planchon vient de monter à Lyon — excellente et c'est une création à Paris.

Mon rôle est celui d'un paysan coréen, chef de village, aux prises avec des soldats américains et français du corps expéditionnaire.

Le succès fut moyen mais d'estime. J'avais fort envie de voir le spectacle de Le Poulain qui se donnait au théâtre Sarah Bernhardt, ne serait-ce que pour me confronter — en esprit — avec l'acteur qui tenait mon rôle.

Je fus surpris par le jeune comédien qui le jouait : il avait une vigueur, une drôlerie originale, je le trouvais beaucoup mieux que j'aurais pu l'être. Je veux le lui dire et part à sa recherche dans les couloirs interminables et inextricables du vieux théâtre. Je finis par frapper à la bonne porte et tombe sur un type goguenard que je complimente outrageusement.

C'était en février 1957.

Ce jeune acteur s'appelait Jean-Paul Belmondo.

C'est peu de temps après que je fais la connaissance de Jacques Hébertot.

Il me propose de jouer le communiste dans une pièce du philosophe catholique — existentialiste chrétien disait-on à l'époque — Gabriel Marcel.

« Rome n'est plus dans Rome » racontait, face à la guerre froide américano-soviétique et au conflit d'Indochine où la France était engagée, les angoisses de l'intelligentsia française de droite qui aspirait en fait à s'exiler dans un pays neutre, en l'occurrence le Brésil. C'est ce qu'avait fait un philosophe très connu, Etienne Gilson, dans la crainte d'une occupation de la France par l'armée rouge !

« Rome n'est plus dans Rome, elle est toute où je suis. »

Ce vers de Corneille — dans « Sertorius » — justifiait aux yeux de ces intellectuels la fuite à l'étranger, comme il aurait pu cautionner, en 1939, le départ de De Gaulle pour l'Angleterre.

Une longue discussion s'instaurait dans la pièce entre l'un de ces écrivains et un militant communiste. Le moins qu'on puisse dire est que les deux opinions se révélaient inconciliables.

Nous partons pour une tournée et un soir, à Salon-de-Provence, après la représentation, nous nous retrouvons au bar de l'hôtel et débattons âprement entre nous de la guerre d'Indochine.

De l'autre côté du divan ou nous étions installés, des officiers de l'Ecole de l'Air s'étaient discrètement assis et écoutaient.

Quelques jours plus tard, Hébertot recevait une lettre qui disait en sustance : « Méfiez-vous de l'acteur qui joue le communiste : il l'est. »

Je ne fis pas la seconde partie de la tournée pour laquelle je n'avais pas signé et, plus d'un an après, j'appris cette histoire de la bouche même d'Hébertot.

Diderot, dans « Le paradoxe sur le comédien », soutient que l'intellect, chez l'acteur, doit dominer la sensibilité ; que pour bien jouer il doit garder la tête froide et ne pas s'identifier à son personnage. J'administrais donc, dans ce rôle, aux yeux des officiers de Salon-de-Provence, la preuve du contraire.

J'étais assez heureux d'avoir pu montrer qu'une querelle politique peut cacher un conflit esthétique. C'est ce que l'on appelle élever le débat — en le déplaçant...

Nous avions emmené, dans cette même tournée, pour les matinées scolaires, un « Britannicus » un peu étrange où Narcisse, que je jouais, avait un côté farceur qui enchantait les élèves.

C'était ma seconde — et dernière — confrontation avec la tragédie classique.

La première avait eu lieu dans « Polyeucte » où je tenais le rôle de Fabian.

C'était pendant le rude hiver 1942-1943, l'hiver de Stalingrad. Une seule représentation à Enghien mit fin à cette tentative.

J'avais essayé mon costume de soldat romain dans une maison qui fournissait la Comédie-Française.

Le jour de la représentation, dans ma loge, je constate que je ne peux boucler ma souple cuirasse qu'à l'aide d'une armée d'épingles de nourrice, que mon casque, grâce à la proéminence de mes tempes, oscille de haut en bas et de bas en haut sur mon front et que mes deux bottes, du même pied, donnent l'impression que je marche « en dedans ».

Avant d'entrer en scène, je demande au régisseur : 1°) la permission de ne pas me retourner à cause des épingles, et ce au mépris de la mise en scène. « Accordée » et il me jette pourtant, par précaution, un manteau sur l'épaule. 2°) d'abandonner ce casque, dangereux pour ma dignité. « Non, ce n'est pas possible, un soldat romain ne se promène pas tête nue. »

Aujourd'hui, ce détail ne nous arrêterait pas. Dieu merci, nous avons changé tout cela.

Toujours est-il que j'attends mon entrée avec une certaine angoisse.

Le premier acte se passe bien. Les élèves sont attentifs. Deuxième acte : j'entre.

La catastrophe — prévue par moi — se déclenche.

Comme si les collégiens n'attendaient que mon apparition pour se défouler, toute la salle éclate de rire. Je dis mon petit texte et je sors.

Le reste de la représentation, malgré les efforts de mes camarades, tourne à la franche rigolade.

Le soir même, sur le quai de la gare d'Enghien, Polyeucte, sociétaire de la Comédie-Française, furieux, me signifie mon renvoi.

Je n'avais rien à dire : la justice de Dieu et du théâtre était passée !

Peu de temps après, au Français, Pierre Dux montait « La Reine morte » de Montherlant. J'étais dans l'équipe des figurants de la Maison et je suis choisi pour jouer non pas le troisième couteau mais le quatorzième seigneur.

J'avais un beau costume tout noir, digne d'Hamlet, et je devais dire, du haut des galeries qui dominaient le plateau, dans une scène de tumulte, cette seule phrase : « Il faut délivrer Don Pedro ! »

J'y mettais tout mon cœur et je ne mesurais pas la puissance de ma voix. Dux la trouvait toujours trop forte. Il finit par dire : « Je demande instamment au quatorzième seigneur de mettre une sourdine. »

Ce n'est pas encore dans ce rôle que je me ferais remarquer...

14

A l'hôpital complémentaire de Barneville, le hasard nous a encore placés près d'un point stratégique. Nous sommes à peine arrivés que commencent les bombardements allemands sur Cherbourg. Il suffit de coller l'oreille sur le sable de la plage pour sentir trembler le sol. Ce ne sont plus nos familières petites bombes à fragmentation qui tombent là-bas, mais sûrement de grosses marmites. Les Allemands avancent rapidement et on doit se battre modérément de notre côté car nous ne recevons aucun blessé.

Un beau jour, arrive l'ordre de repli vers le Sud en camions de la Croix-Rouge.

Après avoir contourné le Mont-Saint-Michel, nous atteignons un petit village nommé Melesse, sur la route de Rennes à Cancale.

Place de l'église, nous nous trouvons nez à nez avec des motocyclistes allemands qui nous arrêtent et prennent nos papiers. Certains d'entre nous sont en possession de la fameuse carte d'identité franco-anglaise inventée par Churchill. Comme nos ennemis ne savent que faire de nous, ils nous laissent sur place, logent chez l'habitant les infirmiers, les officiers chez le recteur et promettent de venir nous rechercher bientôt.

Une fois de plus, je suis frappé par le patriotisme de mes supérieurs ; tous pensent que nous devons nous considérer comme prisonniers et, quand j'avance que ce serait une bonne idée de jouer la fille de l'air, la réprobation est quasi générale.

J'estime aujourd'hui que les trois ou quatre ans que ces messieurs ont passés en Allemagne — comme je l'appris par la suite — fut la juste récompense de leur courage et de leur lucidité.

Le jeune vicaire de Melesse, qui a entendu notre conversation, me fait un signe et me dit :

« Voilà un couteau pour votre poche et l'adresse de mon frère à Cancale. Casez-la dans votre tête. Tout à l'heure le laitier vous conduira à bon port. »

En uniforme mais revêtu d'une gabardine qui le dissimule, lesté de mon léger barda emporté de Sissonne, je m'installe parmi les bidons de lait dans la partie couverte de la camionnette. Je vois, au passage à Saint-Servan, pour la première fois, le drapeau à croix gammée flotter sur la tour Solidor.

Après beaucoup de détours, le laitier, à la fin de sa tournée, me dépose à Cancale.

Il fait nuit.

La lune, pleine, monte à l'horizon. On sent la mer toute proche. Je me dirige vers la rue de la Roulette. La ville est déserte et silencieuse.

Les pas de mes brodequins résonnent sur la chaussée. Des volets s'entrouvent çà et là.

Je n'ai pas rencontré un humain.

J'arrive devant la maison ; je frappe.

Grand remue-ménage à l'intérieur.

La porte s'ouvre. Je dégage ma gabardine pour montrer mon uniforme. Une voix de femme s'écrie « Robert, c'est un Français ! » Décidément, je me sens de plus en plus dans la guerre de 1870 !

J'entre, je m'explique, je suis accueilli.

Le premier soin de Robert est de dissimuler dans sa cave mon uniforme et de me prêter un costume violine qui me donne l'air décent d'un petit employé. Du moins le pensais-je, mais à tort, car les vieux pêcheurs qui s'assemblent le soir sur le port me prirent pour un agent de la Gestapo et interrogèrent longuement mon hôte. Je lui avais annoncé, d'entrée de jeu, que mon intention était de passer en Angleterre. J'y allais comme la pierre tombe puisque ma conviction était que la guerre ne faisait que commencer. Par ailleurs j'étais célibataire, libre et parfaitement rassuré sur les sentiments de ma mère en cas de malheur...

Robert s'employa énergiquement à trouver un bateau de pêche qui m'aurait, sinon conduit en Angleterre, du moins remis entre des mains anglaises.

Un problème me tourmentait : je n'avais pas d'argent et ce genre de service commençait à se monnayer assez cher.

L'appel du 18 juin, que Robert entendit, et l'armistice du 20 juin renforcèrent ma décision.

Robert trouva enfin une solution ; un pêcheur de ses voisins partait pour les Minquiers, petits îlots près de Chausey, peuplés de langoustes et de homards. Il consentait à m'emmener. Il quitterait Cancale la nuit prochaine, vers deux heures du matin, avec la marée descendante et me ferait passer dans une barque anglaise, nombreuses dans ce coin.

La veillée d'armes commença.

Dans mon havresac, j'avais mon uniforme. Pour l'heure, je suis vêtu d'un bleu de chauffe et coiffé d'un béret basque. J'attends dans le salon de Robert, couché sur un canapé. Le pêcheur, que je ne connais pas, me parlera à travers la boîte aux lettres de la porte d'entrée.

Vers minuit, j'entends peu à peu le vent se lever. Il devient vite un hurlement qui bouleverse les feuilles des arbres.

A une heure, la voix du pêcheur me dit : « Tempête, on ne part pas. Rendez-vous demain à la nuit, deux heures trente. »

Je m'effondre sur mon divan où je finis par m'endormir mais je sens que la grande occasion est manquée.

A l'aube, vers cinq heures trente, branle-bas dans la ville ; des camions dévalent vers le port.

Les Allemands, qui étaient à Saint-Malo, occupent Cancale, interdisant tout départ de bateau. La route de la mer est coupée.

Je crois, pour la première fois, comprendre le sens du mot désespoir...

Mais je me ressaisis vite.

Il me faut partir, trouver une autre solution. Je quitte, très ému, mes hôtes que j'embrasse fraternellement — je les reverrai après la guerre —, sans oublier les deux petites filles auxquelles je laisse mon havresac et qui s'en serviront souvent pour leurs promenades. L'uniforme qu'il contenait, Robert aura soin de le brûler après mon départ.

Je vais tâter la côte à Saint-Malo : Messerschmidt dans le ciel, flottille allemande au large ; l'impasse est totale.

Je passe une nuit près de la tombe de Chateaubriand, dans une grotte puante, et je décide de descendre vers le sud par le train, car depuis quelques jours, la circulation ferroviaire reprend.

Mon idée est de passer en zone libre — j'en vois le tracé dans les journaux — avant qu'elle ne soit bouclée. J'ai très peu d'argent mais assez pour me payer un billet jusqu'à Agen où je pourrai me ressourcer chez les parents de Delmouly.

J'ai sauvé miraculeusement une vieille carte d'identité d'étudiant, je n'ai plus aucun signe militaire : mon costume violine me « civilise » complètement. Rennes, Nantes, La Rochelle, aucun contrôle ni français, ni allemand et des voitures quasi vides : la fête !

J'ai toujours aimé le chemin de fer : c'est pour moi le moyen de transport idéal, le seul qui vous permette de voyager l'esprit libre.

Lorsqu'il s'est agi, après le tournage du « Crabe-Tambour » à Saint-Pierre-et-Miquelon, de gagner New York via Montréal, c'est au train que j'ai pensé. D'abord parce que monter dans un wagon américain est pour moi un vieux rêve de gosse nourri de cinéma, ensuite parce que j'imaginais que la traversée des Appalaches pouvait être pittoresque. Mais il fallait le faire de nuit, en couchette... Je me résoud donc à prendre l'avion en fin de journée.

Mon passeport portait bien le visa pour les Etats-Unis mais, à l'aéroport de Montréal, le douanier américain, pour une raison mystérieuse, ne voulut pas me laisser passer (j'ai toujours eu des problèmes avec les douaniers...). Il me fit rater mon avion, et ce fut heureux, car le suivant m'amena à New York dans la splendeur du soir. Le coucher de soleil sur les Appalaches en feu dura tout le temps du parcours.

New York ! La ville par excellence ! Le piéton y est roi, il dispose de larges trottoirs, peut se promener sur la Cinquième avenue, le long de l'Hudson ou de l'East River et découvrir, du pont supérieur de Brooklyn, le plus beau paysage urbain du monde !

J'avais raison : les Allemands n'ont pas encore organisé la ligne de démarcation que j'atteins à Confolens. Caché dans un fossé, je vois passer une patrouille. J'attends un peu. Je traverse la route. Cinq cents mètres plus loin, je suis en zone libre où m'accueille — ô ironie ! — un char français flambant neuf, immobile, inutile, vide, surmonté du drapeau tricolore !

Après avoir repris courage et finances à Agen, je descends par Narbonne et Nîmes sur Marseille.

J'avais eu la tentation de pousser jusqu'à Cerbère pour tâter la frontière espagnole, dans l'idée, toujours fixe, de rejoindre l'Angleterre.

Tout le monde m'en dissuade : la police franquiste emprisonne les ex-soldats français ; le passage même des Pyrénées est difficile, surveillé d'un côté par des tirailleurs sénégalais, de l'autre par la garde civile.

A Marseille, je suis arrêté pour la première fois par les gendarmes qui m'interrogent et m'envoient au centre de démobilisation.

Je sors de la gare comme si, revient sur mes pas et prend un billet pour Lyon, où j'arrive le jour même.

Là, je suis dans mon fief.

Je vais donc me présenter à l'autorité militaire. On m'envoie à l'hôpital Villemanzy, charmante bâtisse construite sur les pentes de la Croix-Rousse avec une terrasse dominant la Saône et la ville.

Comme je n'ai aucun papier militaire, on m'enferme dans une pièce avec une pile de numéros du Journal Officiel, à charge pour moi de retrouver mon nom sur les listes d'aspirants sortis de l'Ecole d'Administration Militaire. Je le découvre. On me donne une chambre dans l'hôpital même. L'armée, pour l'instant, me prend en compte.

15

Pourquoi Lyon ? Ce n'est pas seulement les souvenirs du lycée du Parc que j'évoque. Je veux retrouver, en fait, une vieille demoiselle très chère, Marie Rabut, qui avait connu mes parents à Chalon et qui était professeur de chant.

« Depuis un mois chère exilée
Loin du pays tu t'en allas
Et j'ai vu fleurir les lilas
Avec ma peine inconsolée. »

Cette mélodie de Reynaldo Hahn est caractéristique du répertoire qu'aimait et que chantait ma mère, Jeanne. Elle avait une voix de mezzo-soprano et s'accompagnait elle-même au piano. Ravel et Debussy étaient pour elle quasiment inconnus. Le fondement de la culture musicale en province, il fallait le chercher alors dans les opéras français :

Massenet et Gounod en constituaient les deux piliers. Le théâtre de Chalon n'en connaissait pas d'autres. Je n'étais pas attiré par ce genre de musique. En revanche, quelquefois, Jeanne mettait sur son pupitre ce qu'elle appelait les classiques, c'est-à-dire les romantiques allemands : Schubert et Schumann, qu'elle chantait nécessairement et malheureusement en français.

Mais j'en redemandais toujours.

Dès mon arrivée à Lyon, au lycée, Marie Rabut m'avait accueilli à son piano et avait ouvert pour moi les mélodies de Henri Duparc, à la page de « La chanson triste » : « Dans ton cœur dort un clair de lune... ». « Allez-y, m'avait-elle dit, je joue l'accompagnement et le chant. » Et j'étais devenu, au fil des semaines, l'un de ses élèves.

Quelle joie donc de la retrouver, pas seulement à cause de Fauré et de Duparc, mais aussi parce que nous faisions de la situation en France la même analyse, c'est-à-dire que nous étions gaullistes...

Je note d'ailleurs que les femmes ont sur moi, en général, une bénéfique influence, surtout les quinquagénaires.

Après Marie Rabut ce fut, beaucoup plus tard à Saint-Etienne, Jeanne Laurent qui m'hébergera tout le temps que je restai chez Dasté.

Elle nous invitait quelquefois, mon ami Hubert et moi (comme elle disait), à des somptueux goûters où le chocolat chaud de chez Weiss voisinait avec les brioches du plus célèbre pâtissier de la ville. J'habitais chez elle une petite chambre au lit étroit qu'elle appelait ma cellule de moine, ce qui amusait Hubert Deschamps, car il savait bien que ma vie n'avait rien de monacal...

Bien plus tard, vers 1961, c'est une autre dame respectable qui m'enseigna, avec des dizaines d'autres élèves, la respiration profonde dite diaphragmatique qui transforma non pas mes poumons mais ma philosophie. Elle s'appelle Paule Sandra et vit maintenant à Ottawa.

Je la rencontrai par hasard : je tiens que le hasard fait toujours bien les choses.

Je suivais alors les cours de Jacques Lecoq, rue du Bac. Il avait fait ses débuts en même temps que moi à Grenoble chez Jean Dasté, en 1946.

Nous avions joué ensemble le père et le fils Dupont-Dufort dans « Le bal des voleurs » de Jean Anouilh.

A la fin des années 50, il ouvrit un cours où il enseignait le mime, l'expression corporelle, avec ou sans masque, et l'acrobatie. C'est cette dernière discipline qui m'intéressait le plus.

J'avais même inventé une figure, le « saut du baiser ». C'est un saut de fenêtre — dont les plus beaux exemples nous sont fournis par Douglas Fairbanks dans « Le signe de Zorro » — qui finit mal. Au moment où le corps est parallèle au sol, l'acrobate, au lieu d'effacer sa tête et de rouler-bouler sur le dos pour se retrouver debout, prend le temps d'envoyer un baiser à une dame, présente ou imaginaire. Cette seconde perdue lui est fatale et, en place de se retrouver vainqueur sur les deux pieds, il s'écroule lamentablement comme une crêpe sur le tapis, à la grande joie des assistants.

Ce jour-là, j'arrive rue du Bac pour le cours. Jacques Lecoq n'est pas là et, dans la salle qui nous est habituellement réservée, je rencontre une petite dame précise et sèche, à l'œil perçant, qui me dit : « Vous pouvez rester. » A la fin, manifestement mécontente de moi, elle ajoute : « J'espère que vous avez compris, vous ne reviendrez plus. »

« Au contraire, ça me plaît beaucoup. A lundi prochain. » Il y a aujourd'hui vingt-huit ans de cela...

Demain, lundi, je vais rue du Bac, dans la même salle, travailler avec un de ses assistants, Jean-Pierre Romond, la respiration diaphragmatique.

C'est un secret — perdu par les hommes — des animaux. Un chat, un chien, un tigre ne respirent pas autrement. Ils ne se remplissent pas volontairement les poumons, mais se contentent de laisser librement entrer et sortir l'air — en ventilation dirons-nous — pour se vider ensuite en soufflant le trop-plein ; ce qui suppose la contraction du diaphrame et des abdominaux sans qu'intervienne, à aucun moment, la cage thoracique.

C'est ici que nous retrouvons — ou plutôt que nous ne retrouvons pas — l'enseignement de Fresnay, de Jouvet et de Dullin. C'est ce dernier qui s'est le plus approché de cette technique, qui l'a pressentie le mieux.

Je pense que l'acquisition de la respiration profonde est à la portée de tous et je suis convaincu qu'elle constitue, dans la vie comme au théâtre, la première condition de la décontraction et de la maîtrise de soi : qualités unanimement jugées nécessaires à un acteur. Tout le talent du monde ne peut s'exprimer s'il ne trouve pas son chemin : c'est la respiration profonde qui lui ouvre le passage et donne au comédien sa liberté. Du même coup sont résolus les problèmes de la diction — qui ne s'acquiert plus par un mouvement appliqué des lèvres — et de la pose de la voix — qui ne se place pas « dans le masque » comme on disait, mais vient du plus profond de l'être.

Dullin, qui pressent bien tout cela sans l'exprimer clairement, ajoute malicieusement : « Prends appui sur les consonnes et néglige les voyelles qui sont comme les pieds de derrière du cheval : ça marche toujours ! » Et il s'y connaissait en chevaux, soignant et bichonnant dans l'arrière-cour du théâtre de l'Atelier sa jument qu'il attelait le soir à sa carriole !

16

Mon séjour à Lyon, en 1940, ne dura pas plus de trois mois.

L'autorité militaire me donne un jour à choisir entre la démobilisation sur place ou le départ pour l'hôpital de Marrakech comme « agent administratif de cinquième classe ». Il s'agit de planquer, en Afrique du Nord, les officiers « évadés ».

Ce titre me paraissait largement usurpé : je n'avais trompé la surveillance d'aucun gardien ni brisé les barreaux d'aucune geôle ; j'avais simplement suivi ma pente, prisonnier sans entrave, et pris le large.

La traversée fut rude. J'embarque à Marseille le 27 décembre 1940 sur un petit cargo qui ne compte qu'une dizaine de passagers.

C'est la nuit. La tempête nous saisit dans le golfe du Lion et dure jusqu'à midi. Nous passons au large de Valence et traversons le détroit de Gibraltar au plus près des côtes marocaines pour arriver à Casablanca. Le cuirassé « Jean Bart » domine le port de sa silhouette massive.

L'hôpital de Marrakech est installé dans un ancien palais du sultan. Des cigognes ont fait leur nid dans les cheminées, ce qui émeut beaucoup les médecins alsaciens arrivés ici en grand nombre peu de temps avant moi.

Le capitaine gestionnaire est la réplique de mon professeur de français au lycée du Parc, celui qui ressemblait à Alerme. Il porte le surnom de Major Emile Rumsteack, auquel il ajoute en plaisantant le titre de « French expeditionnary sanitary corps officer » car son gaullisme et son anglophilie sont sans faille. Nous sympathisons immédiatement.

Pourtant je ne suis pas heureux, ni dans ce métier de rond-de-cuir, ni dans ce Maroc superbe et plein de soleil. J'ai beau me dire que l'Angleterre, que je n'ai pu atteindre, va venir me chercher ici — et à écouter le capitaine, je peux y croire — ; en fait, je regrette les brumes du nord et mon engagement direct dans la guerre. Comme, de plus, j'ai abandonné le chant et le théâtre pour un travail de gratte-papier, je peux estimer avoir fait le mauvais choix en partant pour le Maroc.

Ma seule excuse était l'espoir et l'appât du débarquement allié en Afrique du Nord.

Quand il eut lieu, le 8 novembre 1942, j'étais revenu à Lyon depuis longtemps, rapatrié dès octobre 1941 pour raison de santé.

Je prends à Alger le paquebot « Lamoricière », construit dans les années vingt aux chantiers de Newcastle-upon-Tyne. En vue de Majorque, vers midi, par une mer d'huile, nous voyons sortir de l'eau le périscope d'un sous-marin.

En un instant, la salle à manger se vide.

Le face-à-face muet avec le submersible dure quelques minutes qui nous paraissent des heures.

Puis il disparaît.

Nous nous préparons, moins nombreux, à déjeuner avec appétit. Nous apprenons en même temps que le plat de résistance est de l'osso-bucco aux sphaghettis et que le sous-marin que nous venons de voir est italien : les plaisanteries les plus faciles, les rapprochements les moins subtils fusent naturellement d'une table à l'autre.

17

Mon cœur et mes goûts sont donc restés à Lyon.

Peu de temps avant mon départ, j'y avais fait la connaissance d'une vieille demoiselle, professeur d'art dramatique, Suzette Guillaud.

J'avais vingt-six ans et, depuis le choc des « Copiaux » en 1928, c'était la première fois que je m'intéressais pratiquement à la question. Difficile de parler de vocation !

Ce n'est pas tout à fait vrai pourtant.

J'ai évoqué mes vacances de gamin à Aluze et à Gergy ; plus tard, adolescent, c'est à Poncey que mon père avait loué un appartement pour l'été au curé du village. (Poncey est à quelques encablures de Givry où se récoltaient les vins préférés du roi Henri IV.)

Toutes ces résidences — bicyclette oblige — étaient à moins de quinze kilomètres de Chalon.

Cette année-là cependant, mon père avait acheté une voiture automobile : une vieille et robuste limousine Delahaye.

Il s'était contenté jusqu'ici d'une solide bécane ornée d'un grelot qui le signalait de loin.

Pierre, mon père, avait gardé de la guerre 14-18, qu'il avait faite dans la territoriale, l'habitude de ce qu'il appelait le cantonnement, c'est-à-dire le logement chez l'habitant.

Par beau temps, il n'hésitait pas à dormir à la belle étoile, mais quand la pluie ou le froid menaçaient, il allait voir le maire du village — pour rien au monde il n'aurait pris une chambre d'hôtel ! — et lui demandait le minimum dont Jouvet se contente dans « La kermesse héroïque » : « Une botte de paille dans le coin d'une grange. »

Pierre avait aussi sa manière à lui d'interroger les gens quand il avait besoin d'un renseignement. Il commençait par cette question :

« Pardon, monsieur, vous être du pays (ou de la région) ? » Une réponse affirmative libérait chez lui un flot de paroles ; si, par contre, l'interlocuteur disait « Non », mon père le remerciait et lui tournait le dos. Il ne faisait confiance qu'aux indigènes...

Mon frère aîné avait découvert à Givry deux cavaleurs parisiens en vacances qui écumaient le samedi soir les bals de la région.

Nous attendons minuit que tout le monde soit endormi.

Nous faisons glisser en silence la Delahaye de la cour sur la route.

Nous refermons soigneusement la grille et fouette cocher !

J'étais très fier, à seize ans, de participer à ces expéditions qui se terminaient à l'aube avec un redoublement de précautions pour replacer la Delahaye dans ses marques.

Le manège dura plusieurs semaines ; mon père ne s'aperçut jamais de rien.

Mais Poncey nous réservait d'autres bonnes surprises. Pour gagner notre appartement qui était au premier étage, nous devions traverser la salle d'œuvres de la paroisse : quelques bancs en gradins et une petite scène.

Quand mon ami Georges Pâques vint nous voir, nous eûmes l'idée d'y monter un spectacle.

Il se composait du début du premier acte de « Cyrano de Bergerac », des scènes I et II d'« Amphitryon » — où je jouais Sosie — et d'une pièce en un acte de notre cru : « La comédie improvisée ».

Je débitais (comme on disait) dans le rôle-titre (comme on dit) la tirade des nez. Georges Pâques et mon frère cadet Jacques jouaient les autres personnages. Quand Jacques, qui avait une dizaine d'années, disait d'un air menaçant : « Personne ne va donc lui répondre ? », il se taillait un succès comique incontestable.

Nous ne donnâmes qu'une seule représentation devant un public consentant de vingt-deux personnes. Mais nous avions composé et écrit de nos mains un programme illustré de plusieurs « Bécassines », d'après le dessinateur Jean Pinchon, en tous points dignes d'un Festival.

Le spectacle se complétait d'une partie lyrique assurée par une étudiante de Chalon et un dentiste de Lyon, tous deux doués de jolies voix et touchés par la grâce d'une passion mutuelle : c'est dire que leurs duos dans Rossini ou dans Mozart ne manquaient ni d'ardeur ni de réalisme. Henriette — c'est son nom — chantait entre autres l'air de Chérubin des « Noces de Figaro » : « Mon cœur soupire »... Le vieux curé, malade, écoutait pensivement et disait, en levant les yeux au ciel, « Hélas ! Le cœur soupire toujours ! »

18

Je retrouve donc à Lyon mes activités préférées. Comme il faut vivre, je donne quelques cours de latin et de français dans une école libre, près de la place Bellecour. Cette expérience me prouve, une fois de plus, que je ne suis guère doué pour l'enseignement.

J'ai rapporté avec moi, du Maroc, une cantine pleine de café, de sucre et de chocolat.

Trésor que je distribue et distille savamment et qui ne laisse pas insensibles certaines maîtresses de maison qui tiennent table ouverte, malgré la dureté des temps.

J'habite alors rue d'Egypte, derrière le théâtre des Célestins où s'est installée une troupe venue de Marseille : « Le rideau gris. » Je relève sur les affiches le nom de Svetlana Pitoëff, que je connaîtrai plus tard, et celui des deux fondateurs de la compagnie, Louis

Ducreux et André Roussin, auxquels s'est joint Jean Mercure. Ils m'inspirent un respect et une crainte révérentiels car je commence seulement, parallèlement au chant, à apprendre « sur le tas » le métier de comédien.

Mon professeur d'art dramatique a formé une troupe qui joue les classiques pour les écoles. Elle monte souvent Molière mais c'est dans Marivaux et Beaumarchais qu'elle préfère me distribuer, si bien que je joue fort peu. C'est elle, pourtant, qui déniche mon premier contrat au début de 1942 : une tournée dans la région lyonnaise avec un acte d'André Birabeau, « Un déjeuner d'amoureux », et « Le malade imaginaire » où je tiens le rôle de Béralde.

Je n'avais aucune expérience de la scène et je jouais comme un qui se serait jeté à l'eau sans savoir nager, c'est-à-dire dans le plus grand affolement.

C'est ainsi que je compris que « faire l'acteur » est un métier qu'il faut apprendre.

J'ai toujours eu cette hantise du perfectionnement et, en même temps, je n'admets pas les règles, la discipline et je veux sauvegarder la spontanéité. J'ai donc longtemps oscillé entre le désir et le refus d'apprendre.

J'ai rencontré à Dijon, pendant mes études, le professeur d'art dramatique du conservatoire, petit vieillard ridé aux beaux yeux bleus délavés, qui me disait : « Vous avez une voix pour lire du Racine. » Il disait « lire », pas « jouer ». Je ne me résolus jamais à travailler avec lui.

J'aimais surtout son antique bicyclette toute déglinguée qu'il chevauchait comiquement à travers la ville.

Pendant mon séjour à Lyon, j'ai fait aussi la connaissance du professeur du conservatoire de Clermont-Ferrand : Madeleine Berubet. C'était une maigre personne sèche de corps et de voix, toujours à la poursuite de la perfection.

Elle venait de tourner avec Marcel Lherbier « La comédie du bonheur » d'Evreinoff où jouait, entre autres, Michel Simon.

Je n'ai jamais été son élève mais j'aurais pu devenir son ami.

Ce qui me frappait dans ce monde du théâtre que je commençais à explorer, c'était la générosité de cœur.

J'ai mis très longtemps à comprendre que c'est là une vertu cardinale du comédien.

A mon retour à Paris, fin 1942, je n'ai pas trouvé un seul cours qui m'intéressât.

J'allais seulement quelquefois écouter Jean Marchat ou Marcel Herrand au Théâtre des Mathurins.

En revanche, quand Lee Strasberg vint en France en 1967, je fus un fidèle sectateur. Parmi les nombreux mensonges ou vérités qu'il a pu proférer, celui-ci est l'un des meilleurs : « On n'apprend pas ce métier en jouant ; le fait d'être inexpérimenté soumet l'acteur au metteur en scène d'une part, donc peut mécaniser son jeu et, d'autre part, le rend esclave du public, c'est-à-dire le pousse au cabotinage. Il faut, pour vraiment créer, que le comédien trouve, à travers sa sensibilité personnelle, son style propre et qu'il l'exerce envers et même contre tous. »

Je ne sais si ce comportement est celui d'un professionnel (un mot que détestait Orson Welles) ; c'est sans doute plutôt, et mieux, celui d'un amateur éclairé.

19

A ce moment-là, en 1941-42, l'intelligentsia lyonnaise était composé en majeure partie d'émigrés parisiens qui commençaient à s'occuper sérieusement de résistance.

C'est ainsi que je vis un jour apparaître dans ma boîte aux lettres le journal « Combat », dont je n'eus pas de mal à trouver la rédaction rue des Marronniers. Je fais la connaissance d'un jeune homme audacieux et tenace, d'origine polonaise.

Je devais le retrouver à Paris en décembre 42, après le débarquement américain en Afrique du Nord et l'occupation de la zone libre par les Allemands.

La conjoncture nous permet alors de rejoindre facilement la capitale où mon frère aîné, antiquaire, m'accueille.

Cette période de guerre est pour moi très difficile. Je continue, pour vivoter, à donner quelques cours de latin et de français.

Je joue parfois en province des rôles sans intérêt dans des troupes médiocres.

Je fais même, au cinéma, ma première apparition dans « L'homme de Londres » de Henri Decoin. On me voit en premier plan, de dos, en train d'envoyer la fumée de ma pipe dans le nez de Blanche Montel.

A Paris, mon Lyonnais-Polonais-Français m'entraîne avec lui dans un réseau gaulliste de la résistance qui s'appelle, je l'ai su plus tard, C.D.L.R. (Ceux de la résistance). Il avait été fondé dans le Nord par Jacques Lecompte-Boinet.

Nous nous retrouvions, Jean Roquigny et moi, à « La Source », boulevard Saint-Michel, que Verlaine fréquenta et qui est devenu un « hamburger-frites ». J'allais porter le courrier qu'il me confiait à deux pas de là, à la Maison Hachette, boulevard Saint-Germain. J'étais accueilli par Marcelle Monmarché, fille du fondateur des « Guides Bleus » ; elle régnait, dans une grande pièce, sur plusieurs centaines de casiers qui tapissaient les murs. Le courrier changeait de place tous les jours. Les Allemands, alertés, l'interrogèrent mais ne trouvèrent jamais rien.

Les événements de précipitaient.

Je suis chargé de préparer des « mains » dans les usines de la région parisienne, c'est-à-dire des groupes de cinq ouvriers destinés à saboter les installations en cas de débarquement.

Un peu plus tard, je recherche des terrains où les avions anglais pourraient lâcher leur chargement d'armes et de munitions. Je me rappelle que les gendarmes de Conflans-Sainte-Honorine se montrèrent particulièrement compréhensifs.

Un jour, à « La Source », Roquigny me remet un cartable bourré de deux revolvers d'ordonnance que je dois porter à une adresse précise dans Paris.

Je descends prendre le métro à Odéon, je passe sur le quai et, alors seulement, j'aperçois derrière et devant moi des soldats allemands armés et casqués.

Je ne bouge pas.

La barrière de contrôle se referme.

La fouille des nouveaux arrivants commence.

Le temps suspend son vol.

La rame arrive, je monte, je suis sauvé.

Il est question un moment que j'abandonne le théâtre pour devenir un professionnel de la résistance, officiellement payé — et bien payé — par Londres.

L'alternative était pour moi d'utiliser le métier d'acteur comme couverture et de rester à la disposition du réseau en tant que « free lance », nous dirions en français « volant ».

C'est cette seconde solution qui fut adoptée et qui, sans doute, me sauva la vie.

Deux ans plus tard, en 1946, les communistes de la cellule de l'Arbre-Sec — mon quartier — à qui je m'étais présenté, me répondirent : « Nous sommes très honorés mais nous te connaissons. Nous n'acceptons pas ton adhésion. Tu nous rendras plus de service dehors que dedans. » Bref, ma vocation de troisième rôle ne se dément jamais !

En attendant, le réseau m'a pourvu d'une fausse identité et d'un faux logement. Je m'appelle Jean Boyer et j'habite square Pétrelle. Je suis bien né en Saône-et-Loire le 9 mars 1914, mais dans un petit village du Mâconnais dont les archives ont été détruites par la guerre. Les renseignements portés sur ma carte sont donc invérifiables.

C'était une pratique courante dans la résistance.

Comme le théâtre nourrissait difficilement son homme, je m'étais inscrit — imprudence de ma part — sous mon vrai nom, sur une liste mystérieuse, comme « chômeur intellectuel ».

Je faisais des fiches, pour un petit salaire, à partir d'une « Histoire de la Marine française » de La Roncière. Tous les jeudis, j'allais au Musée de la Marine rendre compte de mon travail ; j'y rencontrais quelques intellectuels en perdition. Cett séance de travail était présidée par un bon géant, devenu plus tard directeur des Archives Nationales, Charles Braibant.

Si je n'habitais plus chez mon frère, c'est que ce dernier avait eu un jour la visite de la police française. « Votre frère ne s'est pas présenté à la convocation du S.T.O. (Service de Travail Obligatoire). Il est possible que vous receviez la visite de la Gestapo », lui avaient dit ces messieurs en s'en allant.

Pour une fois, la police française avait joué son rôle efficace de fusible.

Le jour même, je quittai ma chambre avec armes et bagages.

Quarante-huit heures après, la Gestapo, de très bonne heure, débarque chez mon frère, averti bien sûr mais tout de même affolé. Il a placé, sur son piano à queue, une grande photo du maréchal Pétain, pour impressionner favorablement les visiteurs.

Suivent un interrogatoire — fondé sur une documentation très complète me concernant — et une fouille minutieuse de l'appartement : mon matelas est retourné comme si j'étais parti depuis longtemps.

Mon frère déclara que je n'avais pas laissé d'adresse...

Les Allemands n'eurent ni le temps ni le loisir — les événements tournaient pour eux de plus en plus mal — de placer une souricière, ce qui leur eût permis de me mettre la main dessus quand je me rendis, une semaine plus tard, rue Bonaparte.

Mais il faut croire que je les intéressais quand même car ils firent une enquête chez mes parents à Dijon. Ils furent reçus ainsi par ma grand-mère : « Jean Champion ! Vous venez me donner de ses nouvelles ? Comme c'est gentil de votre part ! » La conversation tourna court...

Je n'ai jamais su si les Allemands recherchaient le réfractaire au S.T.O. ou le « terroriste ». Toujours est-il que, peu de temps après, tout le réseau fut démantelé. Roquigny fut arrêté avec sa femme, chez lui, rue de Vaugirard. Il rentrèrent des camps en 1945, vivants et en point trop mauvais état.

Je fus oublié par la raison assez forte que, en tant que « volant », mon nom ne figurait pas sur les listes de l'organisation.

Un jour, je reçois un coup de téléphone anonyme : « Ne bougez pas, ne cherchez à contacter personne, on vous préviendra. »

Le silence dura jusqu'à juin 1944...

Dès la Libération, je souhaitais m'engager mais on ne voulut pas de moi parce que j'étais déjà trop vieux (30 ans) et du service auxiliaire. Je fus plus vexé que déçu. Une fois de plus, volontaire pour le casse-pipe, on m'écartait gentiment. Pas besoin de troisième couteau. Bref, quand je cherche le danger, il me fuit. Il n'y a aucune explication rationnelle à cette inconséquence et, quand on s'évertue à en trouver une, on tombe dans la stupidité. « Je crois savoir — disait un de mes camarades de Saint-Maixent — pourquoi Champion a été versé dans le service auxilaire : il a un oncle général. »

Faut-il aller jusqu'à dire que troisième couteau, c'est plus qu'un emploi, c'est une philosophie, une éthique, c'est le refus de se prendre au sérieux, le mépris du pouvoir et de l'argent et l'orgueil de la modestie ?...

20

La fin de la guerre se traîne sans que je fasse quelque chose d'intéressant, ni au théâtre, ni au cinéma. J'habite alors 39, avenue des Champs-Elysées, dans une chambre de bonne au sixième étage.

Avant d'emprunter l'escalier de service qui y conduit, il faut franchir une lourde porte ornée d'une glace sans tain derrière laquelle on peut observer, sans être vu, tout ce qui se passe dans le hall d'entrée.

Le voyeur que j'étais avait découvert ce système dans les chambres de certaines maisons, tapissées de multiples miroirs.

Ce mini-appartement était celui d'un homme de cinéma, absent pour cause de guerre. Robert Darène. Il avait rapporté de ses voyages en Afrique des masques nègres impressionnants qui ornaient les murs.

Un jour, j'en trouve un à terre. Le fil qui sert à l'accrocher et le clou auquel il était suspendu sont intacts. Je n'ai qu'à le remettre à sa place, sans comprendre ce qui est arrivé...

Mon ami André Bouheret, qui était peintre, avait orné, sans déplacer les masques, les murs de ma chambre d'une fresque à la Dufy qui courait tout autour de mon lit. Il avait imaginé la pointe de l'île de la Cité envahie par une fête foraine où se pressaient, parmi manèges, bals, orchestres et marchands de frites, une foule de personnages bleus et filiformes.

Grâce à cette œuvre d'art, mes réveils étaient toujours gais. J'eus un pincement au cœur quand, beaucoup plus tard, il me fallut, à la fin de la guerre, en faire cadeau au propriétaire qui reprenait l'appartement.

La mère d'André était « petite main » au Théâtre-Français. J'allais la voir dans les ateliers de la maison et j'étais ébloui par la richesse et la somptuosité des costumes, généralement d'époque (je crois que c'étaient ceux de « La reine morte »).

André était installé derrière le Gaumont Palace, à deux pas de la place Clichy. Il travaillait avec courage et obstination dans un grand local plein de lumière. Et puis un jour il disparut à jamais, enlevé par une touriste suédoise amoureuse de sa peinture.

En septembre 1984, sur le paquebot qui arrive d'Helsinki, je découvre à l'aube les multiples îles habitées au large de Stockholm. J'ai une pensée pour mon camarade, peut-être ce type là-bas qui repeint la coque de son voilier, ou celui-ci qui sort en pyjama de sa maison et s'étire longuement au soleil.

Le 14 juillet 1939, d'un toit voisin de mon futur logement, j'avais assisté à la revue militaire la plus impressionnante que j'ai jamais vue.

Pas de véhicules mais de profondes masses d'hommes occupant toute la largeur des Champs-Elysées.

Chaque formation est précédée de sa propre musique — alors qu'aujourd'hui la sonorisation permet malheureusement d'en limiter le nombre à deux ou trois.

La variété était la caractéristique de ce défilé. Le bélier symbolique des tirailleurs marocains ouvrait la marche.

Les Annamites, coiffés de leurs chapeaux chinois, étaient précédés d'une aigre musique d'Extrême-Orient à base de flûtes.

La solennelle fanfare de la Légion, qui rythmait son pas pesant, était suivie de la marche trépidante et saccadée des Chasseurs Alpins. Et enfin, clou de la revue, les « guards » de Sa Majesté britannique en habit rouge et coiffés du bonnet à poil.

Un général d'infanterie en grand uniforme, teint brique, moustaches et cheveux blancs, disait après le spectacle, à la terrasse d'un café, devant son apéritif : « Ah ! Si Hitler voyait ça ! »

Six semaines plus tard, c'était la guerre !

Au printemps 1943, après l'occupation totale — et fatale — de la France par les Allemands, Charles Barret est un des premiers à envoyer ses troupes à travers le territoire national.

Il m'engage pour jouer le garçon de café dans « L'homme à l'Hispano » de Pierre Frondaie. Le décor représentait la terrasse et la salle du restaurant. L'arrivée du héros est précédée, dans l'ordre, d'un klaxon, d'un bruit de moteur et du claquement de la portière.

Le metteur en scène a très tôt renoncé, pour mille raisons, à faire entrer sur scène une Hispano-Suiza. Une bande sonore y supplée.

Un soir, au moment précis où doivent commencer les bruits annonciateurs, rien ne vient.

L'homme, quasi sans Hispano, entre dans un silence glacial. Il est furieux.

Ce comédien avait bien le double de l'âge du personnage et s'appliquait sur le visage, tous les soirs, une couche de maquillage très épaisse. Il me permettait d'admirer, dans sa loge, cette délicate opération. Il croyait me donner une leçon de théâtre alors que je n'assistais qu'à un truc d'acteur.

J'ai toujours considéré le maquillage et les postiches comme superflus. Le cinéma en fait aujourd'hui un très rare usage. Le théâtre, pas seulement par réaction contre le réalisme cinématographique, a toujours accepté plus facilement la transformation physique de l'acteur, que l'éclairage et la distance peuvent justifier.

Même de nos jours — où les techniques de l'écran ont envahi la scène —, Ariane Mnouchkine reste fidèle à cette transformation de ses comédiens qui passent beaucoup de temps devant leur table à maquillage.

C'est pour elle un des éléments essentiels de la représentation dramatique.

Quand la nécessité exigeait de moi quelques poils superflus, je préférais — averti à l'avance — me laisser pousser la moustache ou la barbe.

C'est ainsi que j'ai joué au Théâtre de Poche « La caverne d'Adullam », que j'ai tourné pour la télévision « Rue barrée » et pour le cinéma « L'Invitation ».

Mais il m'est aussi arrivé d'utiliser des postiches. Dans « Les bas-fonds », par exemple, au théâtre de l'Œuvre, le visage du casquetier Boubnov disparaissait sous une véritable forêt.

Un jour, pendant les représentations des « Trois sœurs » aux Mathurins, le bulletin de service, où est annoncée la représentation du lendemain, comportait un additif ainsi rédigé ; « Par faveur spéciale de M. Pitoëff, M. Champion est autorisé pendant trois jours à ne porter ni bouc ni moustache. »

Sacha m'avait sans doute entendu me plaindre des méfaits de la colle sur ma peau et il avait trouvé cette réponse radicale et spirituelle.

Michel Gallieni, avant de s'appeler Michel De Ré, se nommait Michel Gérôme.

Il avait eu l'ambition, pour son coup d'essai, de monter en 1945 un vieux mélodrame russe bien connu des gens de lettres, mais à peu près ignoré de nos scènes : « L'Orage » d'Ostrovsky. Cela se passait curieusement au théâtre de l'Humour, actuellement Comédie de Paris, rue Blanche.

J'y jouais le rôle d'un ivrogne confirmé qui, à chaque acte — et il y en a cinq —, vient battre sa coulpe et s'accuse devant Dieu (à la russe) de vivre « dans la boue », prenant à témoin le caniveau nauséabond du village.

Comme il se doit, je porte pour jouer le rôle une barbe imposante qui me transforme complètement.

Un soir, après le spectacle, je vois arriver dans la loge un spectateur inconnu orné d'une vraie barbe, alors que je n'avais pas encore retiré la mienne.

Nous nous faisons les ronds de jambes habituels dans ce cas. Mais le personnage n'a pas franchi la porte que mon ami Aveline, qui avait assisté à la scène, part d'un grand éclat de rire : « C'est un metteur en scène avec qui tu as eu, il y a six mois, une vive altercation, me dit-il, il était imberbe à l'époque — comme toi bien sûr —, si bien que vraies ou fausses, vos barbes ce soir vous ont rendu, respectivement méconnaissables l'un pour l'autre. »

C'est avec le même — définitivement Michel De Ré —, que j'ai joué au théâtre du Quartier Latin une opérette historique écrite en argot : « La Reine Mère » ou « Les Valois terribles ». Elle mettait en scène Nostradamus et Catherine de Médicis aux prises avec ses trois fils : François II, Charles IX et Henri III, qui chantaient en chœur :

« Vous voyez que nous sommes charmants
Et si passons plomb(es) et broquilles
A faire suer not' pauv' maman
C'est qu'nous avons l'esprit de famille. »

Là surtout — vérité historique oblige —, il y avait pour les hommes débauche de moustaches, de barbes et de boucs.

La comédienne qui jouait Catherine, la reine mère, portait à la ville des chapeaux étonnants, pleins d'oiseaux et de fleurs.

Elle devait, dans la pièce, boire à plusieurs reprises un verre de Jurançon. Elle exigeait tous les soirs d'avoir dans sa loge un litre de gros rouge acheté chez l'épicier du coin. Pas question d'un vin de meilleure qualité. C'était de cet accessoire-là dont elle avait besoin pour le jeu — et en dehors du jeu.

L'ambiance de la troupe n'était pas triste. Il y régnait même une allégresse certaine.

Le lendemain, aux essais, la bande sonore de l'Hispano ne fonctionnait toujours pas.

Je me propose alors d'imiter — j'avais, à l'époque, un certain talent en la matière — le klaxon et le bruit du moteur. Un coup de marteau sur une tôle simulerait le claquement de la portière. Le soir, le résultat fut si brillant qu'on renonça à faire la bande.

J'ajoutais ainsi un fleuron à mon titre et à mon texte de garçon de café. Cela me permettait de répondre, quand on me demandait quel rôle j'avais dans « L'homme à l'Hispano » : « Je joue l'Hispano ! »

Il est très rare que le théâtre, où tout est prévu et répété, s'accorde la liberté, comme le cinéma, de bouleverser l'ordre des choses.

C'est ce qui m'arriva pourtant à deux reprises, avec Georges Douking, au Centre dramatique d'Aix-en-Provence.

Dans « Huon de Bordeaux » d'Alexandre Arnoux, Gériaume est un pauvre hère qui vit dans les bois et se nourrit de racines. Un soir, les machinistes, en veine de blague, font descendre des cintres un poulet en carton. Ma première réaction est de surprise : je la manifeste en regardant la volaille d'un air méfiant et en scrutant le ciel d'où elle tombe.

J'ai la tentation, l'espace de quelques secondes, de refuser ce cadeau et de l'envoyer promener dans les coulisses comme un ballon de rugby ; mais la logique de la situation et du personnage est la plus forte.

Je sens que le public lui-même, se demandant ce que je vais faire de ce don imprévu, me pousse à en profiter. Je me jette sur le poulet pour le dévorer sous les applaudissements de la salle...

Dans « La nuit des Rois » adaptée par Jean Anouilh, le clown Fester conclut la pièce par une chanson dont le refrain dit : « Ohé, oh ! La pluie et le vent... Ça n'empêche pas la pluie de tomber. »

A ce moment précis, au Festival de Beaune, en plein air, un orage éclate. C'est trempé jusqu'aux os que je hurle :

« Si la comédie vous a fait plaisir
Rien ne vous empêche de nous applaudir
Ça n'empêchera pas la pluie de tomber... »

Le lendemain, la presse locale louait le réalisme de la mise en scène.

J'ai connu une situation bien plus embarrassante sur la scène du Lucernaire, alors rue d'Odessa.

Jean-Baptiste Thierrée, qui s'est illustré depuis avec sa femme Victoria Chaplin dans « Le cirque imaginaire », s'occupait alors des malades mentaux de la clinique de Laborde, installée dans la forêt de Chambord.

Jean-Baptiste les purgeait par la méthode classique du psychodrame. Il choisissait une pièce, distribuait les rôles et commençait les répétitions.

La difficulté était de trouver le moment où les acteurs amateurs seraient capables d'abandonner leurs brochures. Ce n'était jamais le même pour tout le monde.

Jean-Baptiste résolut donc de laisser à chacun son texte en mains, qu'il pourrait consulter à loisir sans cesser de jouer librement le rôle.

La pièce proposée à l'époque était « C'est la guerre, M. Gruber », de Jacques Sternberg.

Il s'agissait de symboliser l'invasion de l'Europe par les nazis, en imaginant un appartement occupé par de paisibles locataires qui se voient assiégés et envahis par un groupe armé.

La pièce avait été créée à Laborde et on avait autorisé la troupe à venir à Paris donner quelques représentations publiques.

J'arrive au Lucernaire le soir de la dernière. Jean-Baptiste, dans sa loge, me dit « J'ai une idée. Au lieu de t'installer dans la salle, tu vas monter sur scène et te mêler aux acteurs. Tu ne connais pas la pièce mais voici une brochure. Ils en ont tous une. Tu essaieras, pendant tout le spectacle, sans te mêler à l'action, d'être attentif à chacun des personnages pour qu'ils te prennent à témoin. Oui, c'est cela, tu seras le témoin, jamais envahissant, toujours présent.

Les médecins et les infirmières, qui sont d'accord pour tenter cette expérience, sont dans la salle comme chaque soir. L'idée est de voir comment réagiront les malades, qui ne sont pas prévenus, en présence d'un élément étranger. »

Les attitudes furent très différentes : les uns m'acceptèrent tout de suite et me prirent pour complice de leur texte et de leur jeu ; les autres m'ignorèrent ou me rejetèrent violemment.

Un des soldats, armé d'une mitraillette en bois, me menaça et m'ordonna de quitter la scène. Je fus obligé de lui répondre que c'était impossible, que j'avais des ordres.

La représentation se termina brillamment et je vins saluer avec mes camarades d'un soir. Tout le monde avait l'air heureux, même les médecins.

Un dîner joyeux nous réunit tous après le spectacle.

Le lendemain matin, en mon absence, ma femme reçoit un coup de téléphone alarmé. C'est une journaliste de mes amies qui était, la veille, au Lucernaire. « Je ne savais pas, dit-elle, que Jean allait si mal. Ainsi, vous avez été obligé de l'hospitaliser ! Mais rassurez-vous, c'est une bonne clinique... Je dois dire qu'hier soir, c'est lui qui m'a paru le moins à l'aise. »

Une fois de plus, j'étais victime d'une méprise réjouissante.

Etre pris pour un autre, c'est bien, et je m'y suis habitué. Mais changer de personnalité à l'intérieur de soi-même, être différent tout en restant identique, c'était nouveau.

Et après tout, c'est la définition même de la démarche du comédien mais c'est par des voies apparemment obliques que j'y parvenais.

Quelques années auparavant, Jean-Baptiste Thierrée nous avait emmené jouer à Bruxelles une pièce élizabéthaine : « Le chevalier au pilon flamboyant. » Le directeur du théâtre avait résolu à sa manière le problème du défraiement : il nous logeait dans des chambres rustiques à deux ou trois lits — situées dans son centre d'accueil — et nous nourrissait frugalement dans le même établissement.

Nous n'avions même pas d'argent de poche. Nous avions accepté — plutôt mal que bien — cette peu syndicale politique, mais il en est autrement quand, après quelques représentations, les cachets qui nous sont dus ne sortent pas de leur cachette.

Le soir même, armés de l'annuaire des chemins de fer, nous l'avisons que nous prenons tous le lendemain le train de 14 h 41 pour Paris si l'argent ne nous est pas remis avant midi.

Monsieur le directeur est proche parent du cardinal-archevêque de Malines et nous sommes sûrs qu'il aura à cœur de ne pas impliquer — à travers sa personne — la hiérarchie catholique dans cette modeste affaire.

De fait, le lendemain à midi, chacun empochait son chèque. Les représentations continuèrent et se terminèrent heureusement.

Ainsi, l'exploitation de l'homme par l'homme revêt parfois le manteau douillet du paternalisme et de la charité.

Jean Gillibert est psychanalyste et homme de théâtre — metteur en scène et comédien —.

Il me proposa plusieurs fois de jouer dans ses spectacles — en particulier dans « La sonate des Spectres » de Strindberg —. Consciemment ou non, de sa part ou de la mienne, les pourparlers n'aboutirent pas. En compensation, si je puis dire, il m'adressa, pour entreprendre une analyse, à une de ses collègues.

J'arrive un jour chez cette dame — jolie blonde de trente, trente-cinq ans — qui me fait asseoir dans un fauteuil et non pas allonger sur un divan. Elle se poste en face de moi dans le silence le plus complet.

Je commence à parler d'abondance cependant que mon vis-à-vis ne cesse pas de croiser et de décroiser ses jambes dans l'intention évidente de me les faire admirer.

A la seconde séance, le manège recommence et je me mets à soupçonner que mon médecin veut opérer un transfert prématuré de ma propre personne sur la sienne.

Comme d'autre part je suis à bout de confidences et que je ne trouve plus rien à dire, j'arrête l'expérience à la fin de cette deuxième séance.

Encore un mystère — l'attitude de cette dame — qu'il est difficile — ou trop simple — d'expliquer.

21

Il est un domaine sur lequel les acteurs restent en général discrets, c'est celui des rapports avec leurs camarades ou leurs metteurs en scène et des jugements qu'ils portent sur eux.

Prudence bien naturelle qu'on retrouve dans tous les milieux mais qui, chez nous, se résoud le plus souvent par un consensus poli ou enthousiaste dans l'éloge et l'admiration.

Jean-Paul Le Chanois m'avait confié dans « Monsieur » une courte scène avec Jean Gabin. Je pense qu'il m'avait choisi après avoir lu un article paru dans Ciné-Monde où Maurice Bessy dressait une liste impressionnante des acteurs de « bonne composition ».

J'arrive au studio et j'aperçois, au fond d'un plateau vide, Gabin qui boit un verre avec quelques personnes. Les électriciens préparaient leurs projecteurs et faisaient beaucoup de bruit. Entre deux coups de marteau, j'entends une vois forte dire : « Ils n'ont pas bientôt fini ces cons-là ! » Suit un long silence.

Le Chanois arrive près de moi, fébrile, son script à la main, rayé de puissants coups de crayon.

« Je suis bien ennuyé mais Monsieur Gabin ne veut pas tourner votre scène. Vous allez la faire avec Mireille Darc. » C'est donc à elle que, portier d'un hôtel borgne, je tends la clé d'une chambre en disant : « L'ascenseur ? Il est au Ritz ! » C'est ainsi que je n'ai pas rencontré Jean Gabin...

Je garde un très bon souvenir du film d'Alain Cavalier « Mise à sac ». J'y jouais le rôle du meilleur perceur de coffre-fort d'Europe. Dans l'expédition dangereuse que mes compagnons avaient montée, j'étais le seul à ne pas être armé.

Alain Cavalier me demanda mon avis sur mon personnage : « C'est un technicien, lui dis-je, pas un tueur ; il n'a pas besoin de revolver. »

La vérité c'est qu'à l'époque je faisais plutôt dans le genre non violent. Je soupçonne mes convictions personnelles de m'avoir dicté les propos que je tins à mon metteur en scène, qui fut convaincu sur-le-champ.

Moyennant quoi, je suis, dans ce film, un des rares rescapés de l'aventure.

Dans « Monsieur Klein », de Joseph Losey, j'étais chargé, employé de la morgue, d'accueillir Alain Delon qui venait reconnaître un cadavre. Avant la prise, pas un salut, pas un mot. Tout se passe bien.

Huit jours plus tard, la production m'avise qu'il faut tout recommencer : le drap qui recouvrait le corps était taché de sang, ce qui était inadmissible de la part d'une administration qui sait nettoyer ses morts et ne les enveloppe que d'un linceul immaculé.

La remarque avait fait mouche : le cinéma est toujours pointilleux quand il s'agit de respecter l'authenticité d'un détail.

L'attitude de Delon, cette fois, fut plus cordiale. Il me tendit la main avec un petit sourire, sa morgue — si je puis dire — avait disparu.

Mes rapports avec Bourvil furent moins aisés. Il était déjà malade et nous devions tourner chaque scène du « Cercle rouge » successivement en français et en anglais, ce qui représentait pour lui un gros effort. Melville était d'ailleurs rassurant et très courtois à son égard. Moi-même j'avais voulu, à un moment difficile, tenter de l'aider, sans savoir comment. Je m'étais attiré un regard de reproche et de mépris que je n'oublie pas mais que je m'explique parfaitement.

Je n'insiste pas sur mes rapports avec Philippe Noiret qui sont toujours excellents. Nous nous connaissons depuis le T.N.P., il y a trente ans.

J'ai passé une journée avec Coluche au lycée Janson de Sailly, lors du tournage du « Maître d'école » de Claude Berri. Il me donna l'impression d'un sympathique farceur. Nous nous promenions entre les prises et il me disait, en désignant les bâtiments : « Ils ont de la chance ces professeurs d'habiter dans ces lieux ; voilà ce que c'est d'être intellectuel ! » Je réponds : « Mais non, ils ne logent pas ici ; ils y donnent seulement leurs cours. » « Ah bon ! » dit-il avec une fausse naïveté. Mais je sentais bien qu'il n'était pas dupe.

Je pense que souvent il aimait faire semblant de croire et de faire croire qu'il croyait. C'était un jeu avec lui-même et avec les autres. En somme, il était comme nous tous : il adorait tromper son monde et passer pour un autre. Moi-même, dans ce livre, je ne fais pas autre chose.

Dickens dit : « Qu'est-ce que la sincérité sinon l'art de se tromper soi-même ? »

Je juge donc que Coluche avait une finesse et une subtilité qu'il s'efforçait de cacher sans toujours y parvenir. De plus, il était d'une vraie gentillesse.

A la présentation du film, dans un grand cinéma de Paris, devant un public de jeunes élèves, il accueillait les gens à l'entrée et tint, par exemple, à me conduire lui-même à ma place.

J'ai rencontré Michel Serrault sur le tournage des « Fantômes du Chapelier » de Claude Chabrol.

Tout de suite je reconnus et appréciai son esprit carnassier.

Il tenta de l'exercer à mes dépens dans la loge commune où tous les comédiens se préparaient chaque jour. Je lui répondis sur le même ton, et très vite, au fil du tournage, s'instaura entre nous un dialogue savoureux dont voici quelques exemples.

— Champion, vous n'êtes pas dans le métier, je ne vous connais pas, mais il me semble vous avoir déjà rencontré dans la vie...

— Vous avez une bonne mémoire. J'étais jadis dans les P.T.T. et je tenais le guichet poste restante au central du Louvre. Chaque jour je vous voyais arriver anxieux et je vous remettais la correspondance secrète que vous entreteniez avec je ne sais qui.

— Champion, je vais vous brûler la gueule, dit-il en s'approchant de moi avec une cigarette allumée, puis, se ravisant : Non, je ne vais pas vous brûler, je vais vous prêter de l'argent.

— Quel bonheur, je tiens enfin un créancier compréhensif !

Après une courte absence, il m'accueille à mon retour d'un « Ah vous voilà ! On s'était très bien habitué à ne pas vous voir !

— Quelle ingratitude ! Moi je n'ai pas cessé de penser à vous. Je me disais : encore un jour sans Michel Serrault, qu'est-ce que je vais devenir ?

A la fin du tournage du petit groupe, il me déclara : « Champion, je vous invite à ma table ce soir.

— Oui, mais à une condition, c'est que vous mangerez ma mousse au chocolat.

Ce qui fut fait... Décidément, j'aime beaucoup Michel Serrault.

Parmi les metteurs en scène, c'est le nom d'Alain Resnais qui me vient le premier à l'esprit. Je le connais depuis « Muriel », il y a donc vingt-cinq ans.

Je ne l'ai jamais perdu de vue. Une fois l'an, nous déjeunons ensemble. C'est un ami secret et sûr.

Je viens de faire deux jours de tournage avec lui dans son dernier film « I want to go home ».

Je suis un chauffeur de taxi — le comble pour quelqu'un comme moi qui ne sait pas conduire — j'emmène Adolph Green (alias le

« cartoonist » Joe Wellman) à l'hôtel de la Tuilerie au fin fond de Saint-Ouen.

La confusion avec les Tuileries crée un quiproquo qui dégénère en violente discussion. Lui parle anglais, je lui réponds en français.

Outre l'agrément du tournage (tout se passe comme en famille — quand la famille est calme et détendue), je peux, entre les prises, parler longuement avec Alain Resnais, aussi bavard que moi quand il le faut. Quelle joie et quel plaisir (ce n'est pas la même chose) ! Quel trésor que l'amitié !

J'apprécie chez Claude Chabrol, outre sa bonne humeur et sa vitalité conquérante, sa fidélité à la parole donnée. Ce qu'il promet, il le tient. C'est assez rare dans un métier où les mots s'envolent à toute vitesse.

Mes rapports avec François Truffaut furent excellents pendant tout le tournage de « La nuit américaine ». Il me fit, à plusieurs reprises, des compliments chaleureux. Puis, plus rien pendant dix ans. Je ne suis même jamais arrivé à le rencontrer quand, d'aventure, je faisais un tour aux Films du Carrosse. Encore un mystère que je ne pourrai jamais élucider.

Mes rapports avec Claude Goretta et Pierre Schoendoerffer furent plus difficiles mais pour des raisons différentes.

Goretta est un inquiet et un perfectionniste. Il tourna « L'invitation », sa première œuvre cinématographique, avec très peu d'argent et une caméra bruyante qui l'obligea à synchroniser le film de bout en bout.

Comme il était l'auteur du scénario et du dialogue, il était très exigeant. Je me souviens que, le jour d'une scène capitale pour moi, il me demanda de ne pas me mêler à la foule de la cantine et de déjeuner en tête-à-tête avec lui dans le silence.

Il s'agit de la courte séquence où, après m'être empoigné avec Michel Robin que j'ai légèrement blessé, je viens faire amende honorable et le visiter sur son canapé de douleur. Scène silencieuse, toute d'émotion rentrée, tellement rentrée qu'elle est à peine perceptible.

Goretta, d'une pudeur tchekhovienne, a toujours peur d'en faire trop. Il interrompt la scène au moment où l'acteur commence à entrer dans le sentiment ou bien il n'hésite pas à couper au montage ce qui dépasse, ce qui lui paraît excessif ou appuyé.

Le film fut une réussite mais il a disparu complètement depuis plusieurs années de nos écrans. La télévision ne le diffuse plus et je ne l'ai jamais vu à la Cinémathèque.

Je n'avais a priori aucune raison de sympathiser avec Pierre Schoendoerffer, capitaine de paras, ex-d'Indochine où il fut prisonnier à Diên-Biên-Phu.

Il n'y eut pourtant aucun problème dans le travail.

La courte scène du bar de La Morue Joyeuse où je raconte à ma manière la bataille de l'Atlantique m'avait attiré à Saint-Pierre-et-Miquelon.

J'y arrive un jour de février, en manteau de fourrure de chèvre des Pyrénées. Manque de chance, c'est le redoux. Mais le lendemain, il fait moins quinze.

Je réendosse ma peau et nous allons tourner à quelques encablures de Saint-Pierre, dans l'île aux Chiens.

C'est là qu'Al Capone, au moment de la prohibition, avait installé ses dépôts de whisky à l'abri, en territoire français, de la police américaine.

Après avoir admiré les épaves de tous genres et de tous âges qui jalonnent cette côte inhospitalière, nous arrivons, dans une tempête de neige, devant un petit monument aux morts de la guerre 14-18, analogue à ceux qui ornent beaucoup de nos villages.

Le poilu n'a plus de tête et un de ses bras est au sol, tenant un objet que je distingue mal. Je demande : « Qu'est-ce que c'est que ça ? » Une voix péremptoire répond derrière moi : « Ça ! C'est le drapeau de la France, monsieur Champion ! » Ainsi affleure, au détour d'une réplique, la personnalité de chacun.

Luis Buñuel a toujours eu la réputation de travailler rapidement. Il avoue lui-même mettre dix-huit à vingt-quatre jours pour tourner un film. Quatre jours lui suffisent pour le montage-image et il n'emploie pas plus de vingt mille mètres de pellicule.

La demi-journée que j'ai passée avec lui pour « Le fantôme de la liberté » illustre bien cette attitude.

J'arrive sur le plateau au studio à 14 heures. Il s'agit d'une scène avec Jean-Claude Brialy dont je suis le médecin. C'est un plan séquence où je me déplace beaucoup : je vais voir mon assistante dans la pièce voisine, puis je reviens dans le bureau, tout en parlant avec mon malade.

Nous commençons à répéter. Buñuel n'est pas satisfait. Il demande à Jean-Claude Carrière, son scénariste, de s'isoler pour ré-écrire le dialogue, selon des indications précises que je n'entends pas.

Au bout d'un quart d'heure, Jean-Claude Carrière revient avec un nouveau texte que je lis attentivement, en essayant d'oublier le premier.

Nous recommençons à répéter dans les places avec tous les mouvements d'appareils.

Six ou sept répétitions sont nécessaires pour que chacun — acteurs et techniciens — se sente à l'aise.

Il est 16 heures. Tout le monde est prêt. Moteur ! on tourne. La prise est bonne : l'accord est unanime. Buñuel se tourne vers moi et je dis sottement : « On pourrait faire une deuxième prise. » Il me regarde, incrédule et rigolard : « Pourquoi faire ? » dit-il. Je m'enfonce : « Je ne sais pas... pour la... la... sécurité ! »

« La sécurité ? » demande-t-il dans un grand éclat de rire en faisant un bras d'honneur devant toute l'équipe en joie : « Voilà ce que j'en pense. » Il est 16 h 15. Ma prestation est terminée.

22

Un des attraits du métier, ce sont les voyages. Grâce aux tournées théâtrales, je connais toute la France.

Sitôt arrivé à l'hôtel, je file explorer une église ou un musée ou, simplement, je me balade dans les rues.

Aucune ville ne ressemble à une autre, même les rivales qui ne le sont que par leurs différences. Chacune a son climat, sa couleur, son humeur, comme une vraie personne.

Bordeaux, aristocratique, hautaine et brune ; Toulouse, rousse odalisque ; Lyon, sévère et britannique malgré ses tuiles rondes ; Marseille, débraillée au soleil ; Mâcon, hobereaute et réactionnaire ; Nancy, pointe sèche ; Metz, ville bâtie à la campagne, comme celle dont rêvait Alphonse Allais ; Dijon, avec ses belles têtes de chapitre mais dont le tissu urbain reste terne :

« Et dans l'air qui sentait si bon la bergamotte
Une odeur de cassis et de moutarde flotte »

dit Pierre Trahard ; Besançon, superbe forteresse construite sur une boucle du Doubs (la ville nouvelle a été bâtie — ce qui est, hélas, rare en France — à l'écart des vieux quartiers, très originaux, avec leurs anciennes petites maisons grises. Sur une place, à deux pas de la citadelle de Vauban, se font face la maison natale de Victor Hugo et celle des frères Lumière — nom magique et prédestiné pour les inventeurs du cinéma !).

Et puis il y a Paris — abîmée souvent par ses tours — mais qui reste, dans certains quartiers, ce qu'elle était.

Au numéro 35 de la rue de Picpus, on trouve un charnier, un monastère, un jardin potager et un cimetière.

Au fond de celui-ci, séparé par un mur et une grille, s'étend un petit espace : le carré des suppliciés où sont enterrées dans une fosse commune les dernières victimes de la Terreur, au nombre de 1 306 (juillet 1794). Nulle croix, nulle sépulture mais deux quadrilatères de gazon nu et de graviers.

La guillotine, devenu impopulaire, avait été transférée de la Concorde à la Nation, place du Trône Renversé — autant dire de la ville à la campagne — afin de rendre les exécutions plus discrètes. André Chénier, qui fut de la dernière charrette, est là. Il voisine, de l'autre côté du mur, avec un hôte non moins illustre mais qui, lui, a fanion sur rue : chaque année, le 4 juillet, fête nationale, l'ambassade américaine lui offre, à côté de sa tombe, une bannière étoilée toute neuve.

Ainsi, Marie-Joseph, marquis de La Fayette est doublement honoré comme héros de la guerre d'Indépendance américaine et comme libéral royaliste qui tenta souvent — mais en vain — de sauver Louis XVI.

Personne n'a jamais songé à lui épingler l'étiquette de républicain : sa place est donc bien dans ce cimetière, au milieu de tous les grands noms de l'aristocratie française comptant au moins un guillotiné parmi leurs ancêtres.

L'historien Lenôtre fut également admis dans ce cercle restreint pour avoir si bien écrit contre la Révolution.

Un grand verger potager attenant au cimetière conduit à la chapelle et à la demeure des religieuses de Picpus. C'est un ordre fondé après la Révolution dans l'intention de prier pour les victimes de la Terreur.

Le costume, tel que je le découvris à Guernesey en 1950, porté par une nonnette dans un chemin creux, est remarquable : une chasuble blanche — d'un blanc cassé — coupée de haut en bas et de gauche à droite par une large croix rouge sombre, symbolisant le sang des suppliciés.

Le manteau pourpre que les religieuses jetaient par-dessus leur uniforme les avait fait surnommer « Les coquettes de Jésus ».

Dans un chapitre des « Misérables », Victor Hugo raconte comment Jean Valjean et Cosette, quittant de nuit la Masure Gorbeau, boulevard de l'Hôpital, sont poursuivis par Javert à travers Paris et finissent pas se réfugier au couvent du Petit Picpus.

Rien de commun avec celui dont nous venons de parler. D'abord, précise Hugo, il est situé près de la Bastille à deux pas de la rue du Chemin-Vert. Il est occupé par des religieuses toutes de noir vêtues appartenant à un ordre espagnol fondé au XVe siècle et voué à l'adoration perpétuelle. Mais ce sont aussi des éducatrices qui prennent des pensionnaires. Cosette sera élevée par elles, Jean Valjean devenant le jardinier du couvent.

Donc, plus question ici de révolution et de contre-révolution, de cimetière et de charnier.

Pas un mot, dans « Les Misérables », du Picpus de la Nation dont Victor Hugo ne pouvait pas cependant ignorer l'existence.

Bref, le jardin potager est le lieu géométrique des deux monastères, les melons et les salades leur seul point commun.

Mais l'affaire s'obscurcit encore — comme toujours — quand on consulte les savants exégètes, les vrais connaisseurs à la fois de Paris et de Victor Hugo.

Il paraît — nous disent-ils — que dans la première mouture des « Misérables » qui date de 1846 et qui ne fut pas publiée, l'itinéraire de fuite de Jean Valjean est bien différent.

Il ne franchit pas le pont d'Austerlitz pour gagner la rive droite ; il reste dans le Quartier Latin, la rue du Petit Picpus n'étant pas autre chose que la rue Tournefort, à deux pas de laquelle, rue du Pot-de-Fer, se trouvait un couvent de Bernardines-Bénédictines ; en sorte que l'imaginaire du poète, confronté à la géographie de Paris, est tout à fait déroutant.

Le plus extraordinaire est, qu'empruntant son nom au célèbre Picpus-Nation, il n'y fait aucune allusion dans sa description du Picpus-Bastille inventé par lui, pas plus que dans la préfiguration de ce que nous pouvons appeler — d'après le manuscrit de 1846 — le Picpus-Panthéon.

A chacun son Picpus !

C'est grâce à une tournée théâtrale que j'ai découvert Vienne, en Autriche.

Au lendemain de la guerre, c'était une ville ravagée où se croisaient, parmi les ruines, les jeeps américaines, françaises ou anglaises et les voitures soviétiques. Chacun avait ses quartiers et ses bistrots.

Il n'était pas question de mélanger les serviettes et les torchons et de tendre, même une grande cuillère, au diable russe.

Au retour, la troupe est invitée à Lindau, au bord du lac de Constance, par les dragons du général De Lattre. Dîner somptueux arrosé d'un vin blanc du Rhin en carafe. Là était le piège. Le sommelier du régiment a cru bon de verser secrètement du schnaps dans les carafes, suivant une progression arithmétique à mesure qu'avance le repas. L'ivresse et le malaise des convives augmentent, surtout après l'ingestion d'un énorme gâteau au chocolat. L'orchestre ouvre le bal.

Je revois mes camarades dansant sur les tables pour s'écrouler comme des masses quelques minutes après.

Les femmes de la troupe, toutes jolies, et sans doute plus prudentes et moins assoiffées, se chargent de transporter ces messieurs dans leur lit.

Je saisis un immense dragon par son ceinturon et l'entraîne dans une valse effrénée. Puis j'avise, dans le fond de la salle, un grand pot de plantes vertes. Je le plante dans l'assiette du colonel.

Je vais prendre l'air, épuisé.

Une petite pluie fine et persistante, à l'anglaise, tombe sur le jardin et me dégrise un peu.

Il est temps de dormir. Je m'allonge sur l'herbe mouillée, entre deux bordures de buis, et j'entame un sommeil réparateur.

A l'aube, mes camarades, qui m'avaient cherché en vain, sont alertés par de puissants ronflements qui viennent du fond du jardin.

On me réveille, on m'emmène dans ma chambre, on me frotte au gant de crin et on me rendort.

Vers deux heures de l'après-midi, nous reprenons notre route. La couleur des visages va du blanc crayeux au vert olive en passant par le jaune citron.

C'est grâce au cinéma qu'après les Amériques je découvre l'Espagne et le Sénégal.

Dick Richards tournait un film sur la Légion étrangère dans un château à la française, aux environs de Ségovie.

Je tenais le rôle du ministre de la Guerre lors du conflit du Rif, au Maroc. C'était, je crois, Paul Painlevé.

Il s'agissait d'un plan-séquence compliqué, tourné en anglais, où j'avais pour partenaires

Gene Hackman et Max Von Sydow. Le metteur en scène, systématiquement, travaillait sans préparation ; il faisait de nombreuses prises — vingt à cinquante — changeant chaque fois la place des personnages et des meubles, leurs intentions et même leurs textes. Au montage, il choisirait ce qui lui conviendrait le mieux. Méthode éprouvante pour lui et pour les comédiens, dont le résultat, à la vue du film, ne fut pas du tout convaincant. Du moins en profitai-je pour visiter Madrid, Tolède et l'Escorial.

Un matin, je prends le train à la gare d'Atocha, à Madrid, persuadé que dans une demi-heure, j'arriverai au palais de Philippe II.

Le train s'arrête à la gare de Chamartín et repart.

Soudain, je m'aperçois que je suis seul dans mon compartiment. Un bref coup d'œil dans les autres wagons me révèle qu'ils sont également vides. Le train entre dans une verrière cul-de-sac et s'arrête. Je descends, unique voyageur. J'avise un employé et je dis « Escorial ? ».

Il croit que je prends la gare pour le château et éclate de rire : « Non, pas Escorial ! » et il me dirige vers la station que je viens de quitter.

Me voilà parti à pied à travers les voies, encouragé par les ouvriers qui, avertis par leur collègue, rient franchement et se moquent de moi gentiment en m'appelant « Señor Escorial ». Au large de la gare, un employé, alerté, vient me recueillir et m'annonce que j'aurai vraiment un train dans dix minutes. Mais il ne me lâche pas d'une semelle ; lui aussi rit beaucoup. Je lui offre un verre au bar. Il me confie au chef de train qui restera debout à côté de moi pendant tout le trajet.

Le palais, strict quadrilatère, est d'une architecture glacée qui siérait mieux à une caserne ou à une prison. En revanche, la décoration intérieure — en particulier celle des tombeaux — est d'une exubérance toute espagnole.

Dans la grande chapelle — de style jésuite — on accède à l'autel, très haut placé, par une série de marches, comme pour franchir les divers degrés de la sainteté.

La voûte du chœur est ornée de peintures murales formant des médaillons de différentes grandeurs dont la tonalité générale est bleue, du bleu profond au bleu pastel.

C'est la seule décoration de l'église nue.

Philippe II couchait dans un oratoire secret situé à droite du chœur. Une meurtrière lui permettait de voir l'autel quand il s'agenouillait sur son prie-Dieu ; ce qu'il faisait — dit-on — souvent au milieu de la nuit.

Je ne veux pas quitter Madrid sans assister à une course de taureaux : spectacle redoutable puisqu'on sait, au départ, que l'animal doit être finalement massacré. Pas une des cinq bêtes que je vis courir ce jour-là n'y échappa, et toujours dans des circonstances d'une cruauté telle qu'elle fit presque défaillir la jeune Américaine que j'avais invitée.

Un incident comique éclaira cependant la troisième course : le taureau déchira de sa corne la culotte du toréador qui apparut en caleçon au milieu de l'arène.

Vexé au plus haut point, il cherche d'abord à couvrir sa nudité de sa cape, ce qui redouble les rires de la foule. Il est bien obligé — pendant qu'on tient l'animal en respect — d'aller changer de culotte.

Son estocade finale prend le sens d'un règlement de compte, d'une vengeance personnelle.

C'est au Sénégal que j'ai appris à piloter un avion. Je n'ai pas dit à le faire décoller et atterrir.

Nous arrivons à Dakar en pleine nuit après avoir sablé le champagne avec l'équipage de l'Airbus.

Jean-Pierre Marielle, qui voyage avec moi, me présente comme l'aumônier du film de Bertrand Tavernier « Coup de Torchon » et tout le monde m'appelle « Mon Père ».

Nous sommes dans la carlingue au moment de l'atterrissage, exécuté par une femme, chef pilote d'Air-France, qui vise parfaitement la cible.

Dès le lendemain, pour aller à Saint-Louis rejoindre l'équipe du film, nous prenons un petit avion à quatre ou cinq places affrété par la production.

Nous longeons la côte, au-dessus de la mer.

Placé à côté du pilote, je suis vite intéressé puis obsédé par la petite bulle qui indique la stabilité de l'appareil. Je demande les commandes au conducteur qui me les donne volontiers puisqu'il peut corriger instantanément mes erreurs.

Nous arrivons au-dessus de Saint-Louis qui nous apparaît, vu de mille mètres, comme une ville du Moyen-Age construite au milieu des méandres du delta du fleuve Sénégal.

Après deux jours de tournage, j'ai trois semaines de liberté et je décide, au lieu de rentrer en France, de rester au Sénégal.

Je suis accueilli par un médecin français, Martin Shlumberger, qui habite l'île de Gorée, au large de Dakar, et qui va souvent faire des vaccinations dans la brousse. Il m'emmène un jour à l'extrême sud-est du pays, dans un petit avion analogue à celui de la production du film. La seule différence est qu'il est anglais et que la fameuse petite bulle est plus difficile à contrôler, sans doute parce que la sensibilité de cet appareil est plus fine, presque féminine. Il réagit au moindre geste. Néanmoins, je m'en donne à cœur joie et commence à faire des progrès.

Le navigateur qui était avec nous — un autre médecin — a fait un plan de vol approximatif.

Après avoir traversé le fleuve Gambie qui, comme son nom l'indique, est un doigt de gant dans le fondement du Sénégal, nous nous retrouvons au-dessus d'une maigre forêt, à la recherche de la piste d'atterrissage de Kolda.

Nous tournons en rond pendant quelque temps et nous descendons pour mieux voir. Enfin, voilà cette piste caillouteuse où nous nous posons sans douceur.

Il était temps : le carburant diminuait dangereusement.

Pendant que l'équipe de vaccination prépare son matériel, Martin m'emmène en voiture à Ziguinchor.

J'ai l'intention de faire un tour en Casamance.

Belle route encombrée d'animaux de toute sorte. Il est difficile de décider lesquels sont les plus intelligents ou les plus sots face à l'automobile : les buffles, les ânes, les moutons, les chèvres ou les poules.

Le paysage est très plat. C'est un peu comme si la vallée de la Saône s'ornait de grands palmiers.

Un seul moyen pour gagner la Casamance à partir de Ziguinchor : le taxi-brousse, transport en commun de petite capacité humaine — une douzaine de places — mais de grande ambition en ce qui concerne les bagages et les animaux.

Je voyage avec un cabri entre les jambes. Le toit est encombré de moutons, de poulets et de machines à laver. Nous quittons les routes trop sûres et empruntons des pistes cahoteuses.

Il faut descendre et pousser, les pieds dans la boue, la voiture qui s'est enlisée dans une fondrière.

Nous arrivons le soir à un village au bord de l'eau. C'est la sortie de l'école. Les petites filles me montrent leur cahier de français, si propre et si bien tenu qu'il ferait presque honte à certains de nos écoliers.

Il n'y a pas d'hôtel. Un pêcheur me reçoit chez lui, m'offre du riz et du poisson et un lit dans une chambre à côté de la sienne. Son épouse, belle et jeune, est d'une amabilité qui me fait rêver.

Le soir, sous le baobab de la place, en face des îles pleines de roseaux où piaillent mille volatiles, nous regardons les superbes barques peintes osciller doucement au gré du courant à peine perceptible de cet immense marécage de plus de cent kilomètres de large au bord de l'Atlantique.

Je voudrais voir des crocodiles en liberté car c'est, avec la chouette, mon animal préféré.

Il paraît que c'est très rare et, dès qu'il sont signalés, ils sont pris en chasse et exécutés.

Les seuls que je verrai, en famille — le père, la mère et les petits —, sont ceux du zoo de Dakar.

Le lendemain, je m'embarque avec le curé du lieu pour une île située à quelques kilomètres.

Le soleil plombe sous les nuages.

J'enfonce mon chapeau de brousse jusqu'aux oreilles.

Il faut se déchausser pour débarquer car nous marchons dans une vase grise grouillante d'insectes.

Nous arrivons à une sorte d'hôtel refuge tenu par des religieuses noires. J'ai une belle chambre, genre motel. La nourriture est excellente.

Le lendemain matin, même ciel plombé. Je vais à la plage pour me baigner. L'odeur du poisson pourri s'explique par la présence de centaines de carcasses qui sèchent sur des claies. Un superbe pélican, immobile, monte la garde.

Je marche dans l'eau, à peine salée, sans perdre pied pendant plus de trois cents mètres. Soudain le vide : serait-ce le trou du crocodile ?

Le soir, grand dîner. Je rencontre un journaliste anglais que je parais intriguer beaucoup.

Comme je ne lui donne aucune explication de ma présence, il me prend pour un espion français et il me le dit.

Nous buvons sec jusqu'à minuit.

Le lendemain, retour à Ziguinchor par taxi-brousse et à Dakar par avion.

Il faut maintenant terminer le film.

Sept ans après « Coup de Torchon », je viens de retrouver Bertrand Tavernier — pour qui je suis toujours « Freddy-la-Valise ». Il s'agit de son avant-dernier film « La vie et rien d'autre », qui se passe au lendemain de la guerre de 1914, au moment où l'autorité militaire cherche à identifier les quelques trois cent cinquante mille disparus de l'armée française. Sujet sévère que le commandant Philippe Noiret éclaire de sa verve et de son humour.

Je suis un inspecteur d'Académie qui convoque une jeune institutrice pour lui signifier son congé : un instituteur rendu à la vie civile est nommé à sa place.

Les destructions de la guerre sont telles que l'école est installée dans une grange et que l'entrevue a lieu en plein champ !

J'ai vécu deux ans en Angleterre. Malheureusement pas au moment où j'aurais souhaité y être, c'est-à-dire pendant la guerre.

Mais il faut croire que la hantise avait fait son chemin pour que j'accepte d'y partir en 1949 dans des conditions précaires et qui n'étaient pas précisément professionnelles.

On m'offrait, par l'intermédiaire d'un ami, un poste de lecteur de français dans un collège des environs de Londres.

Quand j'arrivai à Trent-Park, ce fut un enchantement : une maison du XVIIIe siècle au milieu d'un parc sauvage. Ce Training Collège était en réalité une petite université. Les élèves, hommes et femmes entre vingt et trente ans, avaient vu leurs études interrompues par la guerre.

Ils étaient là pour les reprendre ou, éventuellement, se recycler. Donc, aucun esprit potache. On était entre adultes et gens de bonne compagnie.

Mon anglais était resté très rudimentaire. Je me mets au travail, apprends beaucoup de vocabulaire mais, malheureusement, j'écoute — par paresse — les conseils de ceux qui me disent de ne pas prendre de cours de phonétique, de garder mon « lovely french accent ».

Une fois rentré en France, je comprends qu'il vaudrait mieux avoir « a good english one ».

Malgré l'heureuse vie de Trent-Park, je cherche, du côté spectacle, des chemins obliques et parallèles.

L'Alliance Française m'envoie faire des « causeries » sur le théâtre aux quatre coins du pays, ce qui me permet de découvrir les cathédrales anglaises.

Elles n'ont pas toujours — à l'intérieur — l'unité de style des cathédrales françaises comme Bourges et Chartres, mais une plus grande richesse décorative.

Elles sont entourées d'un parterre de gazon d'un vert éclatant qui met en valeur la couleur de la pierre.

La nef, généralement, est séparée du chœur par une construction massive et ornée — une sorte de jubé — qui coupe la vue d'ensemble qu'on recherche dès le portail ou derrière l'autel. Certaines de ces églises sont rustiques, comme Welles, ou d'une grande élégance comme Salisbury.

S'il fallait choisir, je crois que je m'arrêterais à York pour sa richesse foisonnante et à Canterbury pour ses dimensions.

Je déniche à Londres une troupe française — celle de Pamela Stirling — avec laquelle je pars jouer en tournée « Le Barbier de Séville » et « Le voyage de Monsieur Perrichon ».

Surtout, je commence à travailler à la section française de la B.B.C. où je participe à de nombreuses pièces, souvent sous la direction d'un savoureux personnage, poète surréaliste et acteur de cinéma, Jacques B. Brunius, le plus dandy des Français de Londres ou le plus français des dandies (le « béret français » du film des frères Prévert « L'Affaire est dans le sac », c'est lui, le satyre de « La Partie de campagne » de Renoir, c'est encore lui).

J'aime cette vie anglaise — à Londres surtout — un peu rude, un peu triste, où la pluie et la grisaille exaltent les vertus de courage et la nostalgie de l'amour... Le romantisme n'est pas une anomalie de l'âme anglaise, c'est le baromètre même de sa bonne santé.

Je me rappelle une blague que racontait un Français de Londres : « Un jour de fog jaune où on ne voit rien à vingt centimètres, j'ai épousé une Anglaise ; quand le brouillard s'est dissipé, j'ai mesuré mon erreur : elle avait 1 m 84 ! »

Après l'année de Trent-Park, j'entre à part entière à la B.B.C. Les nouveaux venus passent dans tous les services. Je commence par les nouvelles du matin, qui arrivent vers cinq heures et qu'il faut traduire et lire deux heures plus tard. L'emploi du temps est réglé quinze jours à l'avance comme du papier à musique.

Si les Anglais donnent parfois l'impression de moins travailler que nous, c'est qu'ils sont mieux organisés.

Bientôt pourtant, le démon de Freddy-la-Valise se réveille, le désir de changement s'impose.

Un an de Trent-Park, un an de B.B.C., ça suffit.

Le vent se lève, il faut partir, se jeter à nouveau en France dans les eaux tumultueuses de la vie d'acteur.

Je suis de retour fin 1951.

Michel Saint Denis — comme par hasard un autre Français de Londres — m'engage au Centre dramatique de Colmar.

Un jour de mois d'août 1984, je sors du jardin du Luxembourg, traverse le boulevard Saint-Michel et la rue Gay-Lussac pour prendre l'autobus 21 qui me ramène chez moi. Il tarde à arriver. Je jette un coup d'œil sur les vitrines proches. Je vois, dans une agence de voyage, un itinéraire jaune qui prévoit un circuit en Russie par autocar. Rarissime. Généralement, c'est par avion que les touristes sont là-bas transportés.

Je constate ici que c'est après avoir traversé toute la Tchécoslovaquie d'ouest en est via Prague qu'on aborde la frontière de l'U.R.S.S. Après l'Ukraine, avec arrêt à Kiev, le voyage se poursuit par Moscou et Léningrad pour se terminer par la route du nord : Finlande, Suède, Danemark, Allemagne Fédérale.

Je vérifie le prix — modeste — du circuit.

Ma décision est prise.

J'entre dans la boutique et je m'inscris.

Le lendemain, ma fille, alertée, fait de même et, quinze jours plus tard, nous embarquons, place Denfert-Rochereau, dans un confortable car Mercedes.

Sur les vingt-huit passagers, huit seulement sont français. Les autres sont italiens, japonais, chinois, indiens, mexicains, péruviens...

Plusieurs choses m'ont frappé en U.R.S.S. (tout le monde aujourd'hui est frappé, adoptons ce langage...) : par exemple, le mauvais état des routes et la dimension des corbeaux. Et aussi leur convivialité.

Attendant notre car près d'Orel, je suis entouré rapidement d'une centaine de ces énormes volatiles qui n'ont pas peur et me regardent avec sympathie.

Je remarque aussi le respect qu'ont les Russes pour le passé. Les monuments et les musées sont soigneusement entretenus. Au Palais d'Hiver, à Léningrad, l'escalier où s'engouffrèrent les bolchéviks en novembre 1917 n'a souffert d'aucune dégradation. On a même scrupuleusement restauré, un peu plus loin, la salle du trône où s'asseyait Nicolas II. Dans la même ville, la basilique Pierre et Paul, qui dresse sa flèche dans une île de la Neva, contient encore les restes de tous les tsars depuis Pierre-le-Grand. (Qu'avons-nous fait, nous, à la basilique de Saint-Denis ?) Le mausolée de celui-ci, comme sa statue de Falconet sur la place de la cathédrale, est toujours orné d'un petit bouquet de fleurs des champs.

Si les tombes sont toutes recouvertes d'un lourd coffret de pierre, on le doit à Nicolas II qui crut bon, au début du siècle, d'unifier — ou plutôt de modifier de façon malheureuse — le style de l'architecture funéraire.

A Iasnaia-Poliana, la propriété de Tolstoï au milieu des bois est conservée et reconstituée avec amour. Il faut mettre des chaussons de laine avant d'entrer pour ne pas ternir le parquet ciré.

Ainsi en va-t-il des maisons de Tchekhov et de Pouchkine à Moscou, de celle de Tourgueniev à Orel ou de Tchaïkovski à Klin.

Une merveille, « pieusement » conservée, ce sont les icônes, innombrables, des églises, souvent désaffectées il est vrai, mais toujours respectées.

Un autre trait caractéristique est le souvenir vivace des guerres qui ravagèrent la Russie, surtout la dernière. En témoignent les nombreux monuments qui jalonnèrent notre route, d'un style souvent plus grandiloquent que grandiose : lutte contre les armées blanches et les Polonais en Ukraine, résistance victorieuse aux Allemands à Léningrad, dont le siège dura dix-neuf mois. L'on raconte cette histoire : les nazis étaient tellement sûrs d'entrer rapidement dans la ville qu'ils avaient fait imprimer d'avance les invitations, à une date précise, pour l'hôtel Astoria afin de célébrer leur victoire...

On m'avait dit avant de partir que ce qui avait chance d'intéresser les Russes était des pellicules photographiques. Je ne sais pas pourquoi je fourrai au dernier moment dans ma valise quelques boîtes de Nescafé.

Arrivé à Léningrad, je n'avais pas encore eu l'occasion de les donner. Comme nous partions le lendemain pour la Finlande, il fallait agir.

Je sors, muni de mon viatique. Je prends les quais de la Neva et j'avise une vieille dame à qui je montre honteusement mes objets en les dissimulant.

Ainsi autrefois, à Montmartre, vous étiez abordé par des gens qui voulaient vous vendre des photos pornographiques, coutume qui semble avoir disparu depuis l'apparition des films classés X.

La dame, scandalisée et apparemment incorruptible, me lance un regard de reproche et de mépris et poursuit son chemin.

Je vais faire un tour du côté des canaux et, comme j'ai soif, j'entre dans un café pour boire une tasse de thé. Devant moi, au comptoir, une petite vieille en noir consulte l'affiche. Je fais ma commande, je paie et soudain ma proie s'échappe et prend la porte. Impossible de courir derrière elle. Je bois mon thé et je repars.

Dans une rue qui remonte vers l'Amirauté, marche péniblement devant moi une forte femme chargée de gros paquets.

Je m'approche par derrière et, après avoir fixé ses beaux yeux bleus de paysanne, je glisse, en lui montrant, mes boîtes de Nescafé dans son cabas.

Elle a un large sourire et sort son porte-monnaie.

Je le repousse et lui dit, en français, « C'est un cadeau ». Je reverrai toujours son regard de gratitude.

Diderot, ancien habitant de Petrograd justement, se demande si une bonne action a autant de valeur qu'une page écrite. Il me semble que, pour un écrivain, la réponse est affirmative puisqu'il prend comme référence ce qui lui tient le plus à cœur : la littérature.

23

Depuis quatre ans, le cinéma et la télévision m'ignorent. Le théâtre se venge.

Il m'inflige d'abord l'épreuve d'aller jouer à Evreux « Alice au pays des merveilles » dans une nouvelle adaptation.

C'est un très beau texte, abondant, poétique et fort, que le metteur en scène a l'idée d'étaler entre midi et minuit. Il choisit — autre originalité — cinq comédiens très âgés pour jouer une douzaine de rôles de jeunes.

Seule Alice reste Alice et elle n'a que soixante-douze ans ! Le plus vieux d'entre nous entre dans sa quatre-vingt-cinquième année au moment des représentations. Avec mes soixante-huit printemps, je fais figure de jeunot.

La pièce est tout à fait à sa place dans ce charmant théâtre d'Evreux qui date de 1850. Le décor est simple, l'éclairage excellent mais les déplacement des acteurs souvent gratuits et parfois difficiles à exécuter.

Je jouais successivement Bombyx, le ver à soie, le chat du Cheshire, Tweedledum et Humpty Dumpty.

Le metteur en scène avait cru bon de faire construire, dans les jardins du théâtre, trois maisons de bois de structure géométrique où le spectateur était invité à voyager, tantôt debout, tantôt à quatre pattes, à travers une sorte de labyrinthe peuplé d'ustensiles et de meubles géants... Bonne préparation au périple d'Alice. Celle-ci, prisonnière des enfants du Théâtre Ecole d'Evreux, recherche « l'homme qui habite les mots » sans lequel elle ne peut pas recouvrer sa liberté.

Ainsi se mêlent librement dans le spectacle « Alice » et « De l'autre côté du miroir ».

Les répétitions et les représentations furent très dures.

Le public oublia parfois de venir ou, s'il était là au début du spectacle, petit à petit il se clairsemait. Mais comme disait mon ami Beduneau en d'autres circonstances : gros bénéfice moral.

A la fin de la pièce, j'avais un long dialogue avec Alice, assise sur le plancher de scène, les jambes pendandes, face au public. J'étais dans un fauteuil Voltaire, monté sur une perche à quatre ou cinq mètres du sol. C'était du théâtre de voltige.

Le jour de la dernière, les machinistes me montèrent si haut que je disparus dans les cintres. Je hurlais dans le noir au milieu des toiles.

C'était le délire dans la salle.

Faire passer un texte et jouer la comédie dans ces conditions, on imagine que cela exige, à défaut de talent, du caractère et du tempérament...

« Cet animal étrange », de Gabriel Arout, est au contraire une pièce classique et de tout repos.

Adaptée de nouvelles de Tchekhov, c'est, dans la première partie, une suite de scènes comiques sans lien entre elles et j'y jouais trois personnages amusants.

La seconde partie est uniquement consacrée à un texte célèbre : « La dame au petit chien. »

J'y tenais le rôle, presque muet, du confident du héros. Beau décor, mise en scène précise, interprétation distinguée. Après quelques semaines de succès au théâtre de l'Athénée, nous partons pour une tournée de quatre mois, avec des étapes redoutables par leur longueur.

J'en reviens en mauvais état.

Troisième et plus facile épreuve : la reprise du rôle du domestique dans un grand succès de la saison : « Tailleur pour dames » de Georges Feydeau.

Là, pas de hantise de voyage. Le théâtre des Bouffes-Parisiens, je l'atteins à pied en traversant les jardins du Palais-Royal. Bon souvenir en attendant ce qui va m'arriver.

Un jeune metteur en scène de vingt-trois ans ambitionne d'écrire une pièce en collaboration avec les acteurs. Le sujet est dans sa tête, pas sur le papier.

Il s'agit de jouer au Cirque d'Elbeuf, au mois de juin 1986. Je lui ai donné, bien imprudemment, mon accord de principe. La quatrième épreuve se prépare...

Car le théâtre me fait toujours peur : ce grand trou noir où s'agite la bête inconnue me semble plus effrayant que la caméra au regard fraternel qu'on a envie de caresser comme un animal familier avant de l'affronter.

Au cirque d'Elbeuf, le grand trou noir n'existait que pour mes vis-à-vis : les comédiens que j'auditionnais. Ils allaient jouer une de mes pièces dont j'assurais la mise en scène et mêlaient à la fiction que j'avais imaginée le récit de leur propre vie.

Face au public, ce sont eux qui doivent apprivoiser la bête aux aguets, à laquelle je tourne le dos, confortablement installé avec mes papiers, à ma table de travail.

L'auteur (le vrai) a tramé habilement — sinon toujours clairement — le tissu d'un dialogue à double détente, plongeant dans le rêve pour ressurgir dans la réalité, tel le monstre du Lochness ou le dragon racinien.

« Sa croupe se recourbe en replis tortueux ! »

Accoucheur, gourou, confesseur, psychanaliste, tantôt agressé, tantôt provocateur, le metteur en scène ausculte cinq comédiennes et trois comédiens pendant deux heures et demie.

Gymnastique immobile, exploit sportif naturel en ce lieu : un cirque en dur, flambant neuf il y a cent ans, qui a oublié aujourd'hui ses fauves et ses trapézistes — s'il en a jamais vu — pour devenir une caverne grandiose, sinistre et délabrée, très convenable donc à notre pièce.

Le premier mai 1975, à une heure du matin, est né, dans le petit salon gris du théâtre d'Orsay, la « Coopérative du spectacle » après neuf mois de gestation au Faubourg Poissonnière.

Cette initiative partait du principe que l'acteur, comme le producteur, le technicien, l'écrivain ou le réalisateur est un être seul. Aucune organisation professionnelle n'a pu empêcher jusqu'ici que son destin, soumis au simple hasard, ne lui échappe.

De plus, d'un métier à l'autre, les messages, bloqués par des rites et des interdits, ne passent pas. « Voilà pourquoi — dit la Coopérative du spectacle — nous avons décidé de nous réunir, de mettre en commun notre travail et de gérer nous-mêmes nos propres carrières avec nos propres fonds et selon nos propres critères. »

Bref, l'acteur ne remet pas son destin à un imprésario, il se prend en charge lui-même ; il devient un des patrons de son association à qui il verse, en principe, dix pour cent de ses rémunérations.

Il est aidé par des déléguées, engagées au mois, chargées de lui trouver du travail, étant bien clair que chaque adhérent devient lui-même — et en permanence — un informateur.

Comment ne pas être partisan d'un tel programme qui révolutionnait, à la lettre, la profession ?

Mais nous connaissons, hélas, le sort de certaines révolutions !

Après un début fulgurant dans un lieu magnifique — un hôtel particulier de la rue de Liège —, les dissensions apparurent d'abord entre les adhérents eux-mêmes, en désaccord sur l'organisation juridique et matérielle de la maison, puis avec les déléguées qui se plaignaient de ne pas trouver chez nous la liberté qu'elles gardaient dans les agences.

En 1978, la Coopérative émigra dans un local plus modeste, rue du Bourg-Tibourg, et s'amenuisa peu à peu en quantité et en qualité.

Son acte de décès fut dressé le 20 avril 1984. Elle avait duré près de dix ans. Malgré une situation financière difficile, elle ne laissait aucune dette et avait payé tous ses employés.

Je pense qu'un jour, sous une forme ou sous une autre, elle ressuscitera en vertu de l'idée forte qui l'a fait naître.

Les chômeurs de « La belle équipe » (1936) tentent un essai d'association — la création d'une guinguette au bord de la Marne — qui finit tragiquement. Duvivier, allant contre la logique du scénario et celle de son propre tempérament, fut obligé de tourner une fin optimiste et réconfortante. Il avait raison : il ne faut jamais cesser de rêver...

C'est sans doute ce que je faisais le 13 juillet 1986 à 0 h 14 dans la cour du Palais des Papes en Avignon, après la représentation de « La tempête » à laquelle je venais d'assister.

La foule imposante des spectacteurs s'écoulait lentement. Je m'écarte un peu et disparais — ou presque — dans un trou du plancher qui n'épousait pas exactement la forme d'une colonne de pierre de l'édifice.

Ma jambe droite file droit dans le vide, tandis que la gauche reste allongée au sol. C'était presque le grand écart. Je n'avais aucun point d'appui pour me relever et ma position me paraît ridicule, comique tout au moins.

Mais la foule qui me contemple n'a pas envie de rire.

Une vieille dame se précipite : « Non, pas vous — lui dis-je — je veux un homme fort à qui je puisse m'accrocher. »

Il y avait mille deux cents spectateurs, « the right man » fut facile à trouver.

Résultat : une entorse du genou du plus bel effet qui, pendant deux mois, m'immobilisa et me permit de terminer ce livre.

Les voies de la Providence restent insondables. A l'hôpital d'Avignon où les pompiers me transportent, je remarque, une fois encore, la bonne réputation des comédiens. Ma profession, inscrite sur ma fiche, se traduit immédiatement dans l'esprit d'un des internes par la rime : « acteur-simulateur » : il est vrai que je peux encore marcher et que ma souffrance n'est pas grande. Je suis donc gratifié d'un « non-lieu » et d'un taxi qui me ramène à mon hôtel où commencent enfin les douleurs prévisibles.

Le lendemain, je vois le médecin de service qui me fait transporter place de l'Horloge pour le déjeuner.

Je compte y retrouver des camarades que j'ai pu voir la veille.

Attablé en plein air, je commence à déguster un très mauvais repas, quand j'aperçois de loin le crâne rasé de Daniel Boulanger. Presque simultanément arrive droit sur moi un personnage coiffé d'un chapeau de drap aux larges bords, de couleur indécise.

C'est mon frère cadet, Jacques, que je n'ai pas revu depuis dix ans (il serait trop long d'expliquer pourquoi). J'hésite à le reconnaître. Il parle. C'est donc bien lui. La première chose que je lui demande est d'ôter ce chapeau ridicule et d'apparaître nu-tête avec son crâne rasé, à l'image de son sosie préfiguré qui rôde encore dans le coin.

Nous bavardons cordialement comme si nous nous étions quittés la veille.

Sa femme se tient à l'écart : je ne l'identifie pas davantage et lui dit : « Il me semble vous connaître, Madame, mais je ne vous situe pas ? »

L'inquiétude commence à s'installer dans l'esprit de mon frère et de ma belle-sœur.

Cette rencontre — après dix ans — qui aurait dû être bénéfique (les voies de la Providence...), je crains bien qu'elle ne soit finalement sans suite.

Nous nous séparons sur un vague « Inch'Allah ».

24

Des rencontres, donc, j'en fais plusieurs par jour ; soit qu'on croit me reconnaître — dernièrement sur le pont des Arts, une dame m'a pris pour un homme politique, mais elle ne savait pas lequel ! — soit que j'intervienne moi-même, attiré par un visage ou un regard.

Dernièrement, dans le train qui m'emmène de la gare du Nord à Chantilly, je me trouve à côté d'un enseignant qui me raconte d'abondance sa carrière. Il l'a planifiée et harmonisée selon les lieux des films qui lui ont plu.

C'est ainsi qu'il a décidé de faire sa formation professionnelle à Nantes, après avoir vu « Lola », de Jacques Demy. C'est le « Muriel » d'Alain Resnais qui l'a poussé à demander un poste à Boulogne-sur-Mer, puis à Cherbourg, cette fois à cause des « Parapluies ». Il ne me précise pas s'il réussit à tous les coups, mais il constate que sa demande pour Saint-Pierre-et-Miquelon, motivée par « Le crabe-tambour » de Schoendoerffer, n'a pas eu de succès.

Actuellement, me dit-il, il est en poste à Château-Thierry où, sans référence cinématographique, il est comme perdu.

Le hasard veut que (à part « Lola ») j'aie participé à tous les films qui l'ont inspiré.

Il n'a pas vu « Coup de Torchon », sinon je lui fais remarquer qu'il serait sans doute professeur au lycée de Dakar.

De toutes façons, je doute fort que l'éducation nationale se laisse impressionner et convaincre par des motivations en apparence si futiles.

En septembre 1984, au parc Montsouris, je vois descendre vers le kiosque à musique une très vieille dame qui avait quelque peine à porter son violoncelle. Je l'aide et assiste au concert qu'elle donne une heure plus tard avec une dizaine d'autres musiciens, spécialistes des parcs et jardins.

Je les ai suivis à plusieurs reprises, tantôt à Clignancourt, tantôt au square des Epinettes.

Et ces flons-flons — qui jadis m'irritaient — aujourd'hui je les supporte. Le bon peuple est là, comme au siècle dernier, écoutant un programme immuable où le ballet de

« Faust » alterne avec une sélection de « La Mascotte » ou de « La veuve joyeuse ».

Les exécutants ne sont pas tous vénérables ; certains pupitres de violon ou d'instruments à vent sont tenus par des jeunes filles et des jeunes gens.

Quant à mon héroïne, Georgette, dont la couleur des cheveux change à chaque saison, elle est toujours, avec son violoncelle, au premier rang, à portée de la main droite du chef d'orchestre.

Elle habite un lieu étrange : imaginez, dans le quartier des Buttes-Chaumont, une cour intérieure de H.L.M. étroite où on aurait construit sur une pointe de ciment une isba russe toute en bois, sans étage, à laquelle on accède par une passerelle.

Georgette occupe la maison à elle seule et peut y faire de la musique à loisir : piano, guitare, chant.

Elle a débuté — il y a plus de soixante ans — dans un cirque : elle jouait du violoncelle, dans la cage aux fauves, les seins nus !

25

Dante, dans « La divine comédie », divise son purgatoire en sept cercles, gigantesques terrasses circulaires dont le diamètre se rétrécit de plus en plus à mesure qu'on monte.

Le monde du spectacle me paraît correspondre assez bien à cette construction, à cela près que l'étanchéité en est plus grande et qu'il est moins facile de passer d'un cercle à l'autre.

Chez Dante, il faut que l'âme, pour accéder au sommet, se purifie successivement des sept péchés capitaux.

Cette condition, chez l'acteur, n'est pas suffisante, loin de là : la recette est moins sûre et la stratégie plus incertaine. Car le passage est parfois insensible ou faussement perçu.

A deux reprises j'ai eu l'illusion d'être entré dans le cercle supérieur : en 1960 avec « Les trois sœurs » au Théâtre des Mathurins et en 1973 après « L'Invitation » et « La nuit américaine », mes deux films jumeaux présentés cette année-là au Festival de Cannes.

Dans les deux cas je m'étais trompé.

André Gide dit : « Il faut suivre sa pente, pourvu que ce soit en montant. »

Montons !

FILMOGRAPHIE

1943 *L'homme de Londres*
Henri Decoin (figuration)

1943/45 *Les enfants du paradis*
Marcel Carné (figuration)

1956 *Marie-Antoinette*
Jean Delannoy

1962 *Cléo de cinq à sept*
Agnès Varda

Muriel
Alain Resnais

Le jour le plus long
Annakin, Marton, Wicki

1963 *La foire aux cancres*
Louis Daquin

1964 *Le train*
John Frankenheimer

Monsieur
Jean-Paul Le Chanois

Les parapluies de Cherbourg
Jacques Demy

1967 *Mise à sac*
Alain Cavalier

Le voleur
Louis Malle

1969 *La chasse royale*
François Leterrier

1970 *Le cercle rouge*
Jean-Pierre Melville

1971 *La cavale*
Michel Mitrani

1973 *The day of the Jackal (Chacal)*
Fred Zinnemann

L'invitation
Claude Goretta

La nuit américaine
François Truffaut

1974 *Le fantôme de la liberté*
Luis Buñuel

1975 *Section spéciale*
Costa-Gavras

1976 *M. Klein*
Joseph Losey

1977 *Le crabe-tambour*
Pierre Schoendoerffer

March or die (Il était une fois la Légion)
Dick Richards

1978 *L'honorable société*
Anielle Weinberger

Le sucre
Jacques Rouffio

1979 *Félicité*
Christine Pascal

1980 *Retour en force*
Jean-Marie Poiré

Une robe noire pour un tueur
José Giovanni

1981 *Viens chez moi j'habite chez une copine*
Patrice Leconte

Les jeux de la comtesse Dolingen de Gratz
Catherine Binet

Le maître d'école
Claude Berri

Coup de torchon
Bertrand Tavernier

1982 *Les fantômes du chapelier*
Claude Chabrol

1984 *Le sang des autres*
Claude Chabrol

The sun also rises - Le soleil se lève aussi (T.V.)
James Goldstone

1987 *Bernadette*
Jean Delannoy

1988 *La vie et rien d'autre*
Bertrand Tavernier

I want to go home
Alain Resnais

Achevé d'imprimer
sur les presses de
l'Imprimerie Graphique de l'Ouest
Le Poiré -sur-Vie (Vendée)
No d'imprimeur : 8262
Dépôt légal : Juillet 1990